2026
종합문예계간문학춘하추동

시 선 총

2026년

종합문예계간문학춘하추동
시 선 총

〈32인〉

문학 춘하추동

가슴으로 쓰는 시詩가 되기를

『문학춘하추동』의 종합문예지가 세상에 태어나서 13호를 발간하는 즈음, 그 많은 작품이 순간에 머물러서는 안 되겠다는 안타까운 마음을 오늘 시 선 총에 담고자합니다

시선집의 출간이 많이 있겠지만 한국 100선이라 하여 그 많은 시인 속에 100번째 안에 든다는 이야기는 아닐 터, 그래도 참여작품의 소중함을 담아내어야 한다는 무거운 마음으로 작가를 만나고 『문학춘하추동』의 시 선 총이라는 표제 아래 편집 발간하게 되었습니다.

첫 시 선 총을 세상에 내어놓지만 앞으로『문학춘하추동』과 함께 매년 작품을 편집, 발간하려 합니다. 오늘의 이 책 속에는 진정 시를 사랑하고 고뇌하며 남긴 작가의 귀한 작품들이 담겨 있다고 하겠습니다.

글에는 정답이 없다는 것은 우리가 모두 알고 있는 것입니다. 과연 그 누가 작품의 좋고 나쁨을 표현할 수 있겠습니까? 한편의 작품이 전하는 메시지를 독자가 어떻게 받아들이느냐 하는

것이 그 글의 정답이겠지요. 하여, 작가는 시간 속에서 수많은 생각과 표현의 고뇌를 병행하게 됩니다. 이 한 권이 열권이 되고 그러한 세월 속에서 뒤를 이어 후학들이 시단에 나와 펼쳐보고 배움의 장이 될 수 있다면 이 또한 참여한 시인들의 보람이 아닐까 생각합니다.

AI시대를 맞아 시인들이 작품 또는 평설을 AI의 도움을 받고 있다는 것은 시인들만이 느끼는 '가슴으로 쓰는 글'이 사장되어 버릴 것이기에 참으로 안타깝습니다.

『문학춘하추동』의 시 선 총에 함께한 30인의 시인님들께 이러한 뜻을 이해하고 참여하여 주심에 감사의 인사를 드리며 더욱 습작과 함께 창작의 결실을 거두며 대한민국의 문인으로서 큰 자부심과 함께 문운이 함께 하시길 바랍니다.

문학 춘하추동 발행인 고현숙

목차

강병철(혜원삼현)

한국문인협회. 창조문학. 사이버 문예협. 혜향문학.
춘하추동문학 회원
해인총림 해인사 승가대학 대교과 졸업
동국대학교 불교대학원 불교학과 수료
2007년 한국내셔널트러스트(The National Trust of
Korea) 공모전
꼭 지켜야 할 우리 문화유산' 산림청장상 수상
2015년『창조문학』시(詩) 부문 등단
2015년 시집『즐거운 공(空)놀이』출간
2016년『창조문학』신인문학상 수상
2016년 제11회 코리아 파워리더 대상(불교문화진흥부문) 수상
2022년 시집 『공화(空花)』출간
2023년『창조문학』대상 수상
2025년 자전 에세이『구름가듯 물 흐르듯』출간
현재 거제도 남부면 가라산 관음사 주지

비로불의 후신

새벽 별 빛나니
산천은 금빛 물결이요
좌우 기운을 품으니
세상 가득히 웅장함이로다

한 기틀 거룩한 몸짓이여
각각이 비로불의 후신일세
오늘따라 광명 더욱 새로우니
처처에 그 덕이 가득함이로다.

바로 본다는 것은

흰색을 보면 희다고 말하고
검은 것을 보면
검다고 말할 수 있어야 한다.

그러나 혹자는
흰색을 보고도 검다고 말하고
검은색을 보고도 희다고 말한다.

흰색은 흰색
검은색은 검은색
좋은 것은 좋은 것
나쁜 것은 나쁜 것

선하고 악함이
명명백백하거늘
시절을 좇아
부유하는 심사여!

아예 상대할 가치 없으니
세월 넘어
일 없는 서생에겐
묵연(默然)함이 제일이다.

공놀이

공을 굴린다는 것은
고요함도 아니요
할 일 없음도 아니다.
세상은 쉼 없이 흐르고 변하니
이것을 바로 보고 순 경계를 따르고
혼돈에 들지 않으면
이것이 공을 굴린다는 것이다.

부처의 세계

이 마음 공적 하면 부처라 하고
이 마음 얽히면 중생이라 하네
육근육식(六根六識)으로 가득 장식되면 중생이요
육근육식에 방해로움 없으면 부처라네
우주 가득 쓰레기로 덮힌 창고라 하지만
마음 가득 공적 하면 세계가 청정하리라.

수행(水行)과 수행(修行)

아무리 거친 모난 돌도
흐르는 수행(水行)의 물결에
둥글둥글 둥근 돌이 된다.
아무리 못된 사람도
흐르는 세월에 원만한 사람이 된다.

모난 돌이 물에 밀리고 씻겨지면
자연히 둥근 돌이 되는 것은 수행(水行)이요.
사람의 마음이
세상의 물결에 휘말리며
다듬어지고 부드러워짐은
이것을 수행(修行)이라 하니라.

모난 돌이 세파로 둥근 돌이 되듯
세사에 부딪혀
나를 깎는 수행(修行)으로
마음이 원만하고 공적하게 나투면
물처럼 바람처럼 자유로우리라.

강선숙

아호:소호
2021년≪수필과 비평≫등단
수필과 비평작가회원
문학춘하추동회원
광양문인협회 회원
문학춘하추동 사무국장(전)

고고한 침묵

연잎에 앉은 맑은 아침이슬
검은 물속 뿌리로 흘려보내고
흔들리지 않는 고고한 자태

한여름 화려하게 피어나서
주위를 더욱 밝게 비추는
신비한 모습에 머문 발길

아, 연꽃
당신의 아름다운 모습
속은 비어있어도 휘어지지 않아

곧은 마음 하나 청정히 간직하여
그릇된 것에 물들지 않는 당신

고행의 여정을 지나
깨끗한 모습으로 아름답게 피어,
물 흐르듯 살라는 침묵의 가르침.

눈물의 해후

억수로 쏟아지는 빗줄기가
아파서 가던 길을 멈추었다

차양을 때리는 울림이 너무 커서
젖은 몸을 웅크리다 고개를 들었더니
흐린 하늘이 눈앞에 와 있다.

하얀 비 울음은
견우, 직녀가 반가워서
흘리는 눈물이겠지

올해는 유난히 반가운 칠월칠석
만남인가 보다

뜻밖의 휴식

병실 침상에서 보는 바깥 풍경이
사람들 옷차림은 가을 색으로 변신하고
거리의 가로수도 단풍 들었네

팔에는 링거 바늘이 꽂혀있지만
아픈 것도 이제는 그만저만
수술 부위 통증 말고는 편하고 좋은걸

간호사들의 친절한 목소리
환자복은 평상복처럼 편하고
병원 밥도 기다려지는

엎어진 김에 쉬어간다고
하루하루가 선물 같아
그저 감사할 뿐

이사하는 날

밤사이 소복이 쌓인 눈은
눈부신 아침을 선물하고
차가운 마당은 두꺼운 솜이불을 덮은 양

멀리 우뚝 솟은 도봉산 봉우리도
하얗게 반짝이는데

묵은 짐들이 춤을 추듯 눈밭을 굴러
새집으로 들어간다

이사하는 날 눈이 내리면 복이 든다지
그래, 그랬으면

나도 환한 빛 뭉쳐 쥐고 현관문을 당긴다
만사여의하길 빌면서

하얀 비

창밖이 희뿌옇다

창문을 때리며

외롭다고

쓸쓸하다고 소리치는데

아픔을 쏟아내는데

잃어버린 시간은 말이 없다.

고원구

2004년 열린 문학 신인상 등단
한국문협, 국제펜, 청하문학, 서울시단회원
착각의 시학, 경북문협.
문학 춘하추동이사
영천문협. 회원.
2015년 창작문학 대상 수상.

가슴으로 안는다

가랑비에 옷은 흠뻑 젖어도
천륜을 품은 세월 속에
꽃은 피고 지는데

어둠이 걷히면
햇살은 방긋 웃고 있으나
불같이 뜨겁던 청춘은
하얀 백설로 내려앉아 있구려

안타까운 길 모롱이에
혼령으로 버티어 온 삶
이제야 살며시 다가와
밝은 미소를 던져주네요

여광의 빛으로

수 겁의 역사 속에 묻혀 있어도
그 빛을 잃지 않은 청제비

농민들의 애환을 달래 주며
그 속에서 굳건한 버팀목으로
풍년을 노래하게 하였네

높고 높은 가을하늘 맞닿은
수평선 위로
윤슬처럼 출렁이듯
춤추고 있는 모습

청제비 밝은 빛은
천륜의 세월 흐름에도
가녀린 선율의 곡조 속에서
영원으로 꽃피우리라

낙엽을 밟으며

청록의 푸른 잎새가
흐르는 시간 속을 거닐며
소소한 갈바람 결에
미소를 머금은 채
발아래 밟혀오는 소리, 소리 들

공간과 여백을
아름으로 채워오듯
떠오르는 한 조각의 추억 속에
남겨둔 발자국

여린 가지만 남겨둔 채
떨어져 간 낙엽들처럼
쓰라린 가슴에 한 웅큼의 빛으로
담겨오고 있네요

그릴 수 없는 말(언어)소리

혼자 빛을 얻는 건 없다
걸어온 추억의 발길을
넌지시 바라보며
향수에 젖어 본다

아직 깨닫지 못한
음양의 이치
끝없이 보고 듣고 했었는데
지금까지 얻은 것 없다

생의 자괴감이 들지 않도록
성찰할 수 있는 길 찾아
악의 시험대에서 벗어나

알밤을 품은 듯
윤슬의 빛 흐르는 길
마음으로 안고
만족감의 꽃을 피우리라

노을 진 언덕에서

생각하고 또 생각한다

만나고 헤어지는 것
내가 어디 서 있던
어디로 가던 항상
함께 한다는 것은 가장 아름답다

기억하면서 남겨둘 수 있는
추억 한 켠
우리 모두가 간직할 수 있고

더듬어 볼 수 있는 것은
인생의 의미와
삶의 진실을
추억하는 것이다

고정현

경기 연천
문학21 시 등단. 시서문학 수필등단
경기시인협회 이사
문학 춘하추동 운영위원장
한국 페트라 시 음악협회 회장
가울문 고문 외
가곡작사: '어머니' 외 9곡
수상 : 문학21 신인 문학상, 시서문학 신인 문학상
"2008년 한국 명시 100인 선" 선정
한국미소문학 문학 대상 수상(2014년)
시끌리오 전국 시 낭송대회 대상 수상(2018년)
해외문학상 수상(2019년)
2019' 자랑스런 한국인 대상 수상(문학부문)
시집: 붉은 구름이고 싶다. 꼴값. 바다에 그늘은 없다.
기역과 리을 사이. 살아보니 삶이더라.
소설: 진상리(수복지구 사람들 이야기),
단상집: 문득153

봇짐

짐을 무겁게 하지 마세요
길을 걷다 지칠 수 있습니다

좋은 것이라 많이 싸지 마세요
다 쓰지도 못하는 길입니다

더 쓰지 않아도 될 것은
미련 두지 말고 버리세요

있어도 그만 없어도 그만인 것에
애착을 두지 마세요

쉼 없이 걷고
또 걸어야 하는 것이 인생이니
어깨의 고통을 살피면서
가벼운 걸음으로 가야 할 길입니다

나이

나이가 들어간다는 것
그보다 슬픈 말은
늙어간다는 것입니다

늙어간다는 말보다
더 슬픈 말은
병들어 간다는 것입니다

병들어 간다는 말은
건장한 체력의 한계가
빠르게 소진되고 있으며
소화 기능과 무릎의 힘과
판단력과 이해력이
서서히 무너지는 것이니

나이가 드는 것은
견딜 만한 이유가 되지만
늙어간다는 것은
나를 슬프게 하는 말입니다.

팽이 인생

팽이는 쉬지 않고 돌아야 한다
돌기를 그치면
그 생도 끝나기 때문이다

세월은 시간을 등에 업고
세월의 허리춤 갈고리에는
행복 건강 성취 성공 같은
긍정의 채찍과
불행 질병 고통 실패 같은
부정의 채찍이 걸려 있는데
그중 하나를 잡고
팽이를 돌리기 시작한다.

팽이는
어떤 채찍으로 맞든지
그것을 숙명으로 받으며
대항 없이 돌아야 하는 존재

나는 지금
자족이라 쓰여 있는
채찍을 맞으며 돌고 있는 중이다.

이런 여름

바람 길은 막혀있고
비구름의 대문은 닫혀있는데
태양은 분노를 참지 못한 채
불끈거리는 표정으로
세상을 내려 보고 있다

태양의 치솟는 화를
달래거나 피하지 못한 가축들은
자신의 목숨으로 제를 드리고
들의 곡식들은
흐늘거리며 주저앉는데

외출을 두려움에 빼앗기고
등을 타고 흐르는 땀줄기를
냉풍기에 맡긴 노년의 마음은
고향 계곡으로 달음질치고 있다

못

뽑지 못한 못 하나
볼품없이 박혀있는데
드러낼 수 없고
누가 알아챌까 싶어
도배지로 가려놓았는데

세월이 도배지를 삭히니
드러나는 못대가리
못난 놈의
뻣뻣한 모가지처럼
녹으로 덮여
그곳에 붙들려 있었고

그 시절의 아픔이
그곳에 숨어있었다.

고현숙

아호: 서향書香
자유시, 수필, 시조 등단, 신인상
시조문학 신인상, 작가상, 오늘의 작품상,
제36회 한국시조 문학상 수상
문인협회, 여성시조협회 회원 외
종합문예지 문학춘하추동 발행인
춘하추동 출판사 대표
시집『그대 잠든 창밖에 바람이 되어』
단시조집『뜨락에서 우는 바람』

폭염

도시가 몸살을 한다
물 폭탄으로
뒤엉켜 버린 삶의 조각들

무겁게 젖은 세상을
뜨거운 태양이 불을 안고
내려앉는다

그늘과 목마름
그렇게 시간은 흘러간다.
잡을 수도,
버릴 수도 없다.

잃어버린 시간

하얗게
백지가 되어버린 머릿속
열려있는 창밖의 어둠에 시선을 두고
그렇게 굳어버린 나를 어찌할까.

작은 불빛으로 흐릿한
무언의 흐름을 보며
무슨 뜻일까,
생각도 없이 그냥
슬금슬금 움츠려든 마음이라
불쌍하기만 하다.

오롯이 나만을 위한 시간
그리 길지 않아 꿈처럼 끝날 고요가
함께 어둠을 향해 외롭게 서 있다.

한발 두발 빛으로 다가올 아침이
서서히 잠에서 깨고 있다.
시작을 위한 준비.

그런데 나는 왜 이제서야 눈이 감겨오는 걸까.

물 폭탄

시기와 욕망과 분노로 일관하는
인간들의 마음을 바라만 보지 않는다

지붕을 찢어 버리고
산을 무너트리고
탐욕을 쓸어버리듯

강물이 넘쳐나고
그렇게 대지 위에
울분을 토해낸다.

하늘은 말이 없고
자연은 오열한다.

누군가 쌓아 둔 슬픔이
그 무게를 못 이겨
젖은 땅 위에 서서
비를 안고 통곡한다.

하늘은 또다시 양동이에 물을 가득 담고 있다.

마음

볼 수 없기에 아쉽고
내어놓을 수 없기에 늘 아파하고 있다

잡을 수 없는 세월이라
오히려 스스로 시간이 되어버린 오늘

무수한 생각들로 하여
잠을 설친다.

생채기도 없는데 딱지가 앉고
작은 웃음으로 덮어버린다.

스스로 느끼고 치유라는 다독임도
한평생 지겹기만 하다.

체념 뒤에 오는 것
스스로 행함뿐이다.

얹고 담는 것은 마음인데
답은 늘 같기만 하다.

생일

아버지 계신 날엔 상 가득 차려놓고
저기쯤 내 딸 오느냐 기다리셨는데

이제는 그 흔적 기억으로 남고
일어나 앉은 식탁
식빵 한 조각 놓여있다.

땅콩쨈 계란 하나 토마토 한 조각
건강식이라는데 할 말도 없어지고

해 질 녘
저녁상에는
낯선 식당 상차림에
미역국 하나.

곽의영

대구 달성 출신 / 아호 (仁軒)
월간 시see 신인문학상 등단
계간 한양 문학 시조부문 신인문학상
(사)한국문인협회 회원
대구문인협회 회원
계간 시와늪 심사원
계간 문예마을 회원
계간 문장 문학회 회원
여백문학회 회원
문학 춘하추동 이사
시집, 노을에 배 띄워놓고
2025학년도 수능 필적 확인 문구
"저 넓은 세상에서 큰 꿈을 펼쳐라,
(곽의영 시 '하나뿐인 예쁜 딸아') 中에서 발췌

하나뿐인 예쁜 딸아

나는 너의 이름조차 아끼는 아빠
너의 이름 아래엔
행운의 날개가 펄럭인다

웃어서 저절로 얻어진
공주 천사라는 별명처럼
암, 너는 천사로 세상에 온 내 딸

빗물 촉촉이 내려
토사 속에서
연둣빛 싹이 트는 봄처럼 너는 곱다

예쁜 나이, 예쁜 딸아
늘 그렇게 곱게 한 송이 꽃으로
시간을 꽁꽁 묶어 매고 살아라

너는 나에게 지상 최고의 기쁨
저 넓은 세상에서 큰 꿈을 펼쳐라
함박꽃 같은 내 딸아.

생일상

햇살보다 먼저 일어나
속정 깊은 아내가
남편의 생일상을 차린다
정성스러운 손끝에서
찰지게 익어가는 찰밥

아픈 무릎으로 서서
얼굴 가득 미소를 담고
손끝엔 봄꽃 같은 정성
찰밥처럼 우리 사랑도
세월 따라 익어가는가.

피어나는 봄에

봄에 너를 내 가슴에 묻었지
벌써 여섯 번의 봄이 지났다

봄바람 한점에도 네 숨결이고
지는 노을에도 네 그림자이다

봄엔 꽃이 피고 새싹 돋는데
다시 피어나지도 못하는 너.

아버지

한 그루 나무가 서 있다
눈부신 아흔둘 나이테
표피에 검은 버섯들은
모진 세월 이겨 낸 훈장

그 안에 담긴 이야기를
어찌 다 헤아려드릴까만
고희를 맞은 아들 눈에
단단한 뿌리로 선 나무

그 나무의 가지로 뻗은
아들 셋에 고명딸 하나
세월의 곁가지로 피어난
친손과 외손이 표창장.

능소화

시골집 후미진 돌담 너머로
미인처럼 당당히 얼굴 내미는 너
꽃송이는 높이 올라 나팔을 분다
의연하게 생과 사에 연연하지 않고
오늘을 묵묵히 살아내겠다고 한다

햇살의 길을 좇아
천천히 세상을 향해 기울었다
줄기엔 손이 없어
애써 매달리는 법부터 배웠다
갈망으로 하늘을 더듬어 올랐다

붉어도 너무 뜨겁지 않았고
타오르되 상대를 태우진 않았다
바라보는 것만으로도
한 생은 행복할 수 있고
고요히 불타는 법이었다.

권경자

아호: 청심, 淸心
대구 출생으로 현재 울산에서 활동
2017년 한양문학 시조 부문·시 부문 신인문학상 등단
2018년 대한교육신문 교육문학상 시조 부문,
2024년 시와 늪 여름호 시 부문 신인문학상을 수상
한양문학 시조 부문 최우수상
서울특별시의회 의장 문화예술발전 유공 표창,
서울시 광진구청장 문화발전 유공 및 효도 표창,
울산시 중구청장 표창 외 다수

장미

꽃은 아픈 곳에서 핀다
꽃이 피는 인연의 자리에
향기 한 줌 뿌린다

마음 여는 꽃이 살포시 기댄다
기댄 그 어깨가 꽃의 향기에 취해서
조금씩 또 조금씩 흔들린다

질기게 인연 지어져 오는
떨리는 유혹의 꽃잎을 응시한다
미완의 희망을 꿈꾸며.

만남

뒷걸음친 시간만큼 멀어졌지
체인 같은 인연이 어디로부터 왔는지
또 어디로 갈지 우리는 모른다

꿈도 허기진 나의 뇌리에 박혀
나의 심장 박동 다시 뛰게 하는
설렘을 채우고도 남는 만남의 끈

하나의 공간 속에 서로가 엮어져
또 다른 형태로
사랑의 리본은 만들어졌다.

종소리

조금씩 새어 나오는 숨소리
사랑의 마음 행여 들키려나
마음의 뒤꿈치를 들어야 했다

내 마음 동그랗게 부풀더니
가리고 숨겨도 새어 나와
커다란 울림의 종소리 된다

천 리 밖까지 울려 퍼지던
애끓는 내 사랑의 종소리
그대의 가슴까지 전달되려나.

끌림

칠흑의 어둠 속에서 걸어 나온
나는 그대를 하얀 치마 곱게 걸친
목련이라고 쓰고 천사라 읽어본다

생의 격랑 다 흘려보낸 듯
사랑과 희망을 가득 눌러 담고
언약도 없이 찾아왔다.

그대는

내 그림자 같은 내 안의 그대는
연정의 이랑을 건너오는 투우사

마음의 깊은 자리에 사무치는 당신
그리움은 홀로 깊어져 몸살이 되고

내 마음의 창문 두드리는 소리에
가만히 귀 기울이는 날들의 연속

거친 숨소리와 여린 숨소리가 만나
침묵을 남몰래 흔들어 깨웠으면 한다.

권영숙

경북 안동 출생
계간 문예 세상 시 부문 등단
낙강 시조 부문 등단
국보문학 디카시 부문 등단
대구 문인협회 회원
시인마을 동인 문세 동인
국보문학 내 마음의 숲 동인
시집, 고갈비 굽는 저녁 출간(창작 준비금 지원)

저무는 이마

하늘 서쪽 끄트머리
까치떼 전깃줄에 모여 앉아
반상회라도 하는 듯 고개 끄덕인다..

노을의 체온이 묻어나는 하늘은
여러 개 빈 의자 놓아두어도
가을 이마에 훈장을 매단 기러기들
한 줄 대열도 흩트리지 않는다

날아간다는 것과 머문다는 것 차이가
한 장면에 겹치는 하늘가

누군가를 찾다가 천천히 식어가는 내 그리움
삶의 궤적 내어 줄 그 무엇도 없는데
식어가는 이마에 가만히 스며드는
어둠이 있어 주름 하나 더 깊어진다.

별별 걱정

시무룩 웅크린 나뭇잎에서도
눈 내린 숲속
사슴의 눈빛을 떠올린다

남은 푸름이 부끄럽고
시듦은 너무 일러 두렵다는
내 고백을 하늘은 알까

빛과 어둠 사이
존재의 무게 견디며
떨어지는 것은 지는 것이 아닌
흙으로 돌아가는 일

너의 쉼이 곧 나의 숨인
숲에서 더 멀리 더 밝게
눈뜨고 밀려올 눈송이들을
사슴의 등 살갗을 향해
슬프도록 던져넣는다.

겨울 마중

깍지 낀 손바닥이 부젓가락 들고
꺼져가는 화롯불 뒤적인다.

한 줄기 바람의 말 옮겨 적으면
노랑은 아직 따뜻하다 쓰고
붉음은 너무 서둘렀다고 쓴다

마지막 햇살 앞에서
쓴웃음처럼 흔들리던 잎들은
서로의 빛을 나눠 입으며
머리 위에 내린 서리를 털어 준다

노을길 서성이다 돌아온 나는
가다 서다 흔들리는 벽시계
시곗바늘 위해 배터리 사러 간다

긴 겨울 견딜 동안
단풍들 수다로 짠 옷 몇 벌
껴입은 나는 온 몸이 훈훈해진다.

삼색 화음

집에서 샤워해도
별 불편 모르고 지내다가
몇 년 만에 찾아간 대중탕 홍해

영혼의 샤워도 하고
몸에 낀 때도 밀었다
내일은 성탄절이니까

어깨와 허리 발목까지
각각의 삼 형제가
쏟아내는 물줄기 아래서
시원한 마사지다

온탕 중탕 냉탕 번갈아 왕래하니
홍해의 침상에 누운 듯
지그시 감은 눈 속에
썰매를 끄는 루돌프 보인다.

추어탕

뻘 속을 헤엄치던 살들이
잔뼈를 내려놓고
구수한 국물이 된다

햇살에 몸 부풀린 시래기
가난했던 들판의 기억으로
씹히도록 푹 삶아
뭉텅뭉텅 썰어 넣고

산초 한 술 청양초랑
다진 마늘로 혀끝에 불붙이면
잠자던 몸속 논두렁이
일제히 일어난다

후루룩거리며 남긴 국물은
겨울을 건너가는
옹골찬 힘이 된다.

권영호

1996년 월간 한국시 겨울 오한 외 3편으로 등단
각종 백일장 심사위원
한국문인협회 안동지부장 역임, 한국독도사랑 회원
한국공무원문학협회 이사, 태사문학 편집위원,
한국현대문학작가연대 중앙위원, 한국시인연대 회원,
문학 춘하추동 이사, 경북문인협회 회원,
이육사문학관 회원,
황조근정훈장, 한국공무원문학상, 경북문협상,
문학 춘하추동 작품상 등 다수의 문학상을 수상
대표작 또는 주요 작품
〈억새풀, 당신은〉(1998), 〈풀꽃지기〉(2003),
〈남자도 가끔은 그리울 때가 있다〉(2003),
〈홍도〉(2005), 〈산수유꽃 피는 마을〉(2007),
〈체화정에서〉(2018),
〈비대면 시대 그 후〉(2023)

꽃이 있는 풍경

다시 오마

오소소 움츠렸던
푸세 밭 꽃들의 약속이
만개한 웃음으로 피어
숨기고 덮어야 하는
부끄러움 하나 없는 세상

세상일 마음 같지 않을 때는
섬세한 잎맥들의
반흔을 짚어가며
오래오래 머물고 싶다.

같은 바람을 맞고서도
작은 향기로 사명을 다하는
한 잎 한 잎 춤사위가
너무 고와 서럽다.

억새풀, 당신은

바람 따라 가을이 지나는 길섶을
잠 설치며 뒤흔들던 은백의 질긴 목숨
그 먼 길에 무사할까?

빈 들을 위해 빚은 것을 돌려주며
살아온 순종의 세월
약한 바람결에도 삭여야만 했던 고뇌
머리 풀어 길-게 울음 삼키나

찬 서리 맞아 가며
늘어놓을 가슴에 있는 말
한 자락 햇살 끌어안고
속살에 내려질 사랑으로 기다린다.

세면 부러지고 여리면 잠시 휘어지는
이삭 풀의 세상 사는 이치
발가벗은 몸 비비며
어느 하늘 아래서도 늘 그렇게 살았다.

나목의 노래

살아남기 위해
가슴 밑으로 흘려보낸 눈물이
쑥대 같은 삶, 줄기 적시어
네 몸이 일어선다.

남이 볼세라
봉긋한 꽃잎 속에
가만가만 파고든 소리 없는 그리움

그리움은 사랑을 싹틔우는 것
환희의 진한 감동
따뜻한 가슴 되자고
안으로 혼을 모아
순결한 설렘으로 꽃 빛이 터진다.

침묵의 세월

숨차게 달려
그대 향한 그리움은
점점 가까워 왔지만
정적의 세상인가

그리운 곳에 터를 잡아
별난 세상 잊고 산 외로운 그림자
새들은 날아올까.

하 많은 세월 속에
은밀하던 내 몸은
푸석푸석 속 아픔을 견디며
시간의 지배를 벗어나야 했다.

침묵의 세월은 말한다.
칼날처럼 일어서던
그리움도 서러움도
무디어진 관념 속에
등 떠밀리며
부질없이 돌아가야 하는
시련임을 그댄 잊지 말라고.

산수유꽃 피는 마을

샛노란 꽃구름이 내려앉아
아들 녀석 눈 밝혀준 꽃길 이십 리
보릿고개 서럽던 산골이
이젠 고급 승용차로 즐비하다.

봄이 오는 언덕배기에
삼백 년 묵은 고목이
어쩜 저리 곱다란 꽃을 피웠는가
노오란 탄생의 꽃 대궐
산수유 야들한 색깔이
마늘밭 푸르름과 어우러진
고향 같은 예쁜 마을

여인네는 벌써
진달래 산천에서
봄을 캐는 누이가 되어
붉은 잉태를 기다리며
산수유 노란 꽃무늬를
마음속에 가만가만 새기고 있다.

김강회

샘터 문학 시 등단
문예마을 작가회 수필 등단
문예마을 서울. 경기 4, 5대 지회장
전국시인 낭송가 협회 회원
문학 춘하추동 이사
제 8회 신춘문예 샘터 문학상 수상
제9회 글로벌 영상 문학대상 수상
제4회 네티즌 신춘문학상 최우수상 수상
문예마을 작가회 공로상 수상
문학 춘하추동 공로상 수상
제8회 전국 통일 문학공모전
천안시장상 수상
제1회 문학 춘하추동 시 문학상 수상
시집 : 詩 꽃을 품다.
공저 : 13월의 詩.

평화의 소녀상

작은 손엔 인형 대신 눈물이 있었고
치마저고리 아래 떨리는 숨결 위로
전쟁은 소녀의 이름을 앗아갔다
그러나 그 눈동자는 끝내 꺼지지 않았다

낯선 땅, 차디찬 바람 속에서도
당신은 울음을 삼키며
하늘을 품은 이불을 덮고
다시 살아낼 날을 가슴에 심었다

당신의 침묵은 외면이 아니라 용기였고
당신의 고통은 짓밟힘이 아니라 저항이었다
그 오래된 상처 위에 우리는 묻는다
잊지 않겠다는 말로만 충분한가

이제 우리는 당신의 봄이 되리니
그 이름 하나하나, 바람보다 먼저 부르리
기억은 우리의 꽃이 되고
그대는 영원히 지지 않을 평화의 얼굴이다.

연리지蓮理枝의 별

소슬한 바람 틈 사이 다가온 숨결 하나
민들레 홀씨가 가볍게 내려앉아
연분홍 구름의 봉인을 풀어 다가온다

단 한 사람
운명의 궤도를 돌고 돌아와서
나의 눈빛에 닻을 내리니

달빛이 창가를 오래 두드리던 그날 밤
그대 얼굴이 바람의 결을 타고 와
심연의 늪 깊은 곳에 파문을 일으킨다

멈춰 선 눈빛에 서로의 맥은 뛰어가고
숨결마저 닮아서 연리지가 되어가니
침묵마저 사랑의 기운이 둘을 휘감아 돈다

하늘이 실로 꿰맨 두 개의 별
서로의 가슴을 밝히며 엮여 가는 길
사랑의 운명선이 하나로 밀착되어 간다.

방울토마토

온실 안에 하루의 여정이 길어질수록
농부는 말없이 알알이 붙어 있는
햇살과 열매를 바라보며 숨을 고른다

굽어진 허리로 줄기와 무언의 대화 속에
보이지 않는 뿌리의 안부를 묻고
오랜 기다림이 자라도록 시간을 놓아둔다

토마토의 노란 꽃망울이 만개하는 동안
거친 숨은 땀이 되어 흘러내리고
자연의 섭리 속에 단단해지는 법을 배운다

마디마다 붙은 붉은 열매의 향연이
농부의 입가 주름이 활짝 피어나고
잔잔한 미소가 빛처럼 성용聖容하더라.

봄을 깨우는 절기의 축제

밤새 내리는 우수雨水의 빗줄기는
얼음의 결을 풀어내는 비가 되어
혹한의 무대를 푸른 물결로 춤추게 한다

설(눈)밑에 돋아나는 연한 기척이
봄의 첫 숨을 불러들이며
사계의 문턱에 체온의 족적을 남긴다

기뻐하라, 초록의 빛을 맞이하라
삼라만상의 근원이
이른 단비의 향기로 응답하며 다가온다

누더기 같은 겨울을 벗은 대지에
아지랑이 햇살이 머무는 동안
새 생명은 샛바람 타고 진목 뜰에 번진다.

날개 없는 천사

우주의 공간에 반짝이는 별을 보았지
그 별의 눈부신 후광이
음지를 비추는 빛이 되어주었네

희망의 축인 북극성이여, 기뻐하여라
기부는 마중물 같은 샘의 물줄기
절망의 터널을 관통하는 불꽃이어라

일어나라
성심을 밝히는 등불이여
선의와 나눔이 생동함을 알게 해주라

사랑의 불꽃이여 활활 타올라
온정의 손을 잡고 또 잡아서
적막강산, 희망의 촛불을 점화해 다오.

김동주

2013 사)국보문학 시 신인상 등단
2017 월간 샘터 시조 당선 (歸村)외 수필 3회 상재
시조 선외 가작5회
2023 현대작가 수필 등단(서리)
진주 라디오 방송 시조 당선(방송됨)
1971 진주시장 표창
1975 전우신문 공모전 입상(새벽항구)
한국문협, 부산문협. 부산 불교문협, 문학 춘하추동.
부산 국보문학회. 숲속 동화 작가회.
부산 가람문학회(전)
시가람 낭송문학회(전).문학세계(전)
*시집:새벽별을 보다 외 공저 다수

천년의 그리움

구름도 막힘없이 넘나들고
눈이 맑은 사슴도 수많은 동물도
오가며 노니는 곳
누가 무소불위한 힘으로
까마득한 산 위에서 아늑한 들판 가로질러
겹겹이 철조망 둘렸는가
내가 너를 네가 우리를
핏발 선 눈으로 노려보는 여기
도대체 누가 무슨 권력으로 이렇게 했나
창자 끊어지는 그리움 남기는 이곳
이래서 남는 건 뭔가
힘없고 서러운 사람들만
천년의 그리움을 구름에 실어 보낸다
언젠가는 녹슨 철조망 걷어지고
그리움에 창자 녹아내린 사람들
천년의 그리움 찾아 달려가리라.

그리움의 계절

단아한 구절초가 옷깃을 여미는
가을 속 산야는 어김없이 질서를 지켜간다
무성하던 잎새는 계절색에 젖어 들고
희미해진 햇살은 은행잎에 앉았다.
산야는 오색 물결에 젖어 들고
나무는 옷을 벗어 회귀하는 모성

이 화려함 언젠가
그리움 남기고 사라지지만
능선 넘는 햇살은 되돌아 올 것이고
산은 숲은
안아주다 불어오는 찬 바람에
어진 품 내어주고
어쩔 수 없는 그리움을 삼킨다
그래서 가을은 이별의 계절이다.

비빔밥 연가

설 추석 지난 다음
남은 음식 모두 모아 양재기에 비빈다
도라지 고사리 콩나물에 시금치나물들
고추장 참기름 듬뿍 넣은 채소 나물 비빔밥
우리집 다 다음 집 떡 방앗간이다
명절 앞엔 불야성
올망졸망 자루에 갖가지 먹거리들
저쪽에선 참깨 들깨 고소한 기름 냄새
시루떡 인절미 송편 가래떡
부추전 동태전 고구마전 갖가지 나물들
버릴래도 버릴 것 없는 명절 음식들
나물들만 한데 모아 구수하게 비빈다
우리 부모 고향에서 손 아프게 길러서
제사상 차례상 오르는 소중한 음식들
남겨진 음식 한데 모아 비볐다
정情도 함께 비벼진 우리의 비빔밥.

시내 고향

소나무 가지에는 청설모가 뛰어노는
그림 같은 곳이예요
들장미 향기가 수밀도로 번지는 곳
단아한 산 꽃들도 수줍게 피고 지고
백설같은 이팝나무 그림 같은 산동네
덕천강 여울에는 물고기가 유영하고
솔숲은 서늘해서
여름을 잊고 사는 아름다운 내 고향
진주에서 완사를 거쳐
강마을 산기슭을 2분만 달려가면
우뚝 선 이정표가 웃으며 맞아주는
우리 부모 얼이 스민 그리운 고향 품 안
내 형제 태를 묻은 아련한 그리움에
언제나 마음이 서성이며 머무는 곳
산촌이며 강촌인 아름다운 곳이예요.

사랑이란

솔직히 마음이 아픈겁니다
울고 싶은 나날도 셀 수 없이 많았지만
돌아서면 남이란 걸 알고는 있었습니다
이제는 멀어져 간 한때의 꿈이었습니다
뚜렷한 글씨로 남겨진 주홍글씨
새겨져 남았기에
이제는 정말로 깨끗이 지워야 하는데
가슴속에 각인된 영원한 얼굴 하나
사랑이란 언제나 마음이 시린 거랍니다
사랑은 돌아서면
미움만 한아름 남는 거랍니다
만남과 헤어짐은 불현듯 찾아온답니다
엄동설한
긴 긴 밤 지새우는 여인의 고운 자태
정월 대보름
휘영청 먼 하늘 달을 보고
열두 폭 치마자락 휘날리면서
두 손 모아 합장하는 눈 맑은 여인
마음 깊이 사무친 정
아련한 저곳으로 전하고 있다.

김상근

아호:송산松山
경찰공무원 36년 재직 후 퇴직
국제지역학 석사, 박사 학위 취득
전, 부신신라대학교 국제학부 교수
전, 제22대 부산광역시재향경우회 회장
전, 주식회사 금영엔터테인먼트 부회장 외 다수
문학춘하추동 시부문 당선 신인상
문학춘하추동 회원

가을의 향기

긴 여름 지루했던 더위 겨우 보낸 뒤
지친 초록도 색동 옷으로 갈아입는 날
갈바람 따라 밀려오는 소소했던
지난 추억 안고 가을맞이 나서 본다.

물결처럼 일렁이는 억새들도
소슬바람에 흔들리며
그리움 한 움큼 되어
갈바람에 사모의 열정 담아 흔들리는
내 마음마저 가을향기 따라 보낸다.

가을이 주는 선물

사랑과 미움으로 웃고 울었던 지난날
인생사 억겁의 초록빛 사진들은
고달픈 인생,
모든 삶을 풍요롭게 해준
가난한 내 진정한 의미로 돌아본다.

짧고도 긴 삶의 소중한 시간 들 속에
내 한정된 사연이 낙엽 되어 쌓이면
아름다웠던 삶과 귀한 사랑의 순간들이
쌓여지는 선물이 될까
가슴이 뛴다.

가지산의 산정

가지산 아침은
겹겹이 쌓인 산그리메 따라
넘실거리는 물안개 드리운
장엄한 선율이 흐른다.

태백산의 정기로 이어온 낙동 정맥의 중심
산정은 아래 8봉의
그리메 너울 따라 신선되었다.

시각과 각도에 따라
천만 가지 형상으로 변하여
와불에서 전라 여체가 되어
아래 석남사로 사라진다.

귀바위와 쌀바위의 옛이야기 들으며
하산해 보니 신선된 듯 禪하다.

10월의 연가

바람 따라 떨어지는 낙엽은
소리 없이 길가에 쌓여 지는데.
고단한 세월 탓보다
쌓아둔 소중함으로 충분하다

길가에 피어 있는 작은 꽃 작은 돌
하나까지 삶의 의미를 담아서

10월의 바람결에
내 소중한 사람과
진정한 사랑으로 쌓아둔다.

들꽃의 계절

바라보지도 않았는데
웃는 모습은
선 듯 묵언으로 바람에 흔들리고

기다리지 않았는데
계절 따라 찾아온 너는 들꽃이다.

바라보는 너의 아름다움에
사랑하게 되는 것은 바람의 덕분이다.

사랑하지 않을 수 없는
알 수 없는 마음을 바람에 붙여 보낸다.

김지희

연변작가협회 회원
흑룡강조선족작가협회 회원

토끼 귀를 파묻고

나의 손이 너의 손이 된다는 말 믿었어
나의 손으로 잡은 나의 손이
너의 손으로 잡은 거라 생각되어 따듯해났고
오른발을 보면 왼발도 본 거라 했어
오른발과 대칭되게 왼발을 그려놓고
가슴이 콩닥거렸지
귀여움이 미움이라더니
미움이 귀여움인 건 아니었나 봐
무작정 말 들어야 하는 이유가 이해 안되
미울 수밖에 없나 봐
토끼 눈이 토끼 귀를 묻어버렸어
말 안 들은 죄로 두 발은 그림에 묶어버렸어
나의 손도 나의 손으로 돌아온 건가
핏발이 선 눈에 약도 넣을 줄 알고
어두운 귀도 쫑긋이 세울 줄 알고
마침내 모든 것이 원점으로 돌아간 건가
얻은 것 없이
잃은 것 없이

토끼 귀에서 죽순 돋아나오는 날 있을 거야.

탯줄은 눈으로 살아 있다

핏덩이인 나를 탯줄로 이어놓고
갈라질 준비를 미리하셨다
탯줄을 끊고 젖을 물렸다 뗐다 하는 것은
갈라지는 연습이었다
당신의 몸을 더는 탐할 수 없을 때
배꼽에선 당신의 목소리가 울리고
배꼽은 나를 지켜보는 천리안으로 되였다
나는 눈이 하나 더 있다
당신이 없는 날도
당신이 보고 있음을 느끼게 하는 배꼽 눈
모든 준비를 마친 것이다
내가 죽을 때까지 안고 가야 할
당신의 간절한 부탁
그것이 탯줄에서 시작되었다
나의 배꼽시계는 태엽으로 감겨있다
당신의 뜨거운 눈빛이다
갈 길을 이끌어주는 고삐로
나를 당신 곁에 묶어 놓았다
당신의 입덧 역시 나의 곁이다

난 엄마의 입덧으로 세상을 맛보고 있다.

게

집게발이 무섭다
모로 걷는 걸음걸이에
예리한 눈초리가 살아있어
갑옷 속에 숨긴 냉철함이 집게발이다

아직도 남은
눈싸움으로 승부를 겨루는 일
바다의 깊숙한 이야기를
못이 박히게 들어왔던 너다

누가 머리 없는 동물이라 했던가
가슴을 머리 삼아 쓰는 사고방식
따를 이 또 있을까

치켜세운 두 눈으로
삐뚤게 기어가는 그 자세에
파도를 삼키려는 뚝심만은 한량없다

집게발 쳐들고
파도를 가르는 것이 한세상이라면
모래밭에 남긴 자국도
파도를 이끄는 지도 아닌가.

감자를 보며

껍질만 남기고
천천히 썩어가고 있습니다
눈이 자궁으로 되고
싹이 아이로 키워집니다

시들어가는 엄마가
그 속에서 보이고 나도 겹놓입니다

꽃이 필요 없습니다
꽃보다 꽃인 엄마가 보라색입니다

감자 껍질이
왜 거칠게 생겼는지 아시나요
우리 엄마 손바닥이 그랬어요

몸에 상처만 남기고
자리를 내어주면서
그 손으로 싹이 일어서도록 기도를 합니다

주렁진 감자를 보며
당신이 꾼 꿈은 무엇이었는지요.

민들레 · 2

톱날이 까칠해요
범접 못할 성격이예요

장난치는 나비가 귀여웠나 봐요
노랗게 웃고 있네요

나비는 날아가면 돌아오질 않아요
시들어가는 떡잎 봤지요
기다리다 지친 얼굴이예요
눈물도 고름으로 곰겨 속을 메워요
하얀 홀씨는 설음이지요

홀로 세운 기둥을 보셨나요
중머리 미인이라고
하늘에 치켜들고 있잖아요
그렇지요
애타게 기다리는 종주먹이지요

왜
민들레를 여자라 하는지 아세요
뿌리까지 독한 즙을 잠겨둔
바보이기 때문이예요.

노명서

아호: 老泉, 울산 출생
월간 [문학공간] 시 부문 신인상으로 등단
월간 [한올문학] 수필 부문 신인상으로 등단
월간 [문학세계] 작사, 디카 시 부문 신인상으로 등단
한국문인협회 회원, 문학춘하추동 이사
한국음악저작권 협회 회원
월간 한올문학가협회 회장
월간 한올문학 호롱불 시 부문 10인 동인회 회장
제7회 한올문학상 시 대상 수상
제15회 고운 최치원 문학상 시 본상 수상
제22회 문학세계 문학상 시 대상 수상

노을

저 산 넘어 누가 살기에
저렇게 그리움이 붉게 타오를까

아니야,
카오스(chaos)의 여의도 개 밥그릇 챙기는
이전투구(泥田鬪狗) 선혈이야

아니야, 아니야
구멍 난 철모
6월의 물결이라네
맞아
조국을 뜨겁게 사랑하는 빛이라네.

* 카오스 : 우주 만물이 나타나기 이전의
           무질서하고 혼돈상태

물안개

지난밤 무슨 일 있었기에
뚜껑 열고 속 훤히 펼쳐 놓네
김처럼 모락모락 피어오르는 만상(萬象)
보고 있어도 도무지 알 수 없는, 그 속내

입 꾹 다문 적요함
무수히 풀어헤친 하얀 이야기
설핏한 아침햇살에
산자락에 내다 걸고 젖은 몸 말리네

보채는 모든 것 끌어안고
강물도 나지막한 옹알이로
물안개 속삭임에 대답하며
하루를 시작하는 우리들의 세상...

가을 전어錢魚

고향 떠난 햇살
감전되어 물비늘 토해내고
물이랑 가르는 전령사 소식
바다는 어쩔 줄 모르고
메어 둔 어선 밧줄 풀려고 안달이네

열아홉 구멍마다 파란 숨결
석쇠 위 드러누운 전령사 감싸고 오르는 향기
바다인 줄 창공을 두리번거린다.
잠들만하면 뒤집어 깨우는 집게
돌아누우니 골목마다 갯내음 물결 출렁인다
노릇노릇 익어가는 푸른 바다

제철이 이고 온 참깨 서 말
집 나간 며느리 돌아와
대문 두드리는 용서
이미 마음은 바다로 나가고
소금 절인 어부들의 환한 웃음
너와 나 가슴에 깨가 쏟아진다.

찔레꽃

할머니 집 가는 산모랭이
곱게 핀 찔레꽃 흰 수건 쓰고
어서 오라 반기시는 할머니 닮았네

날마다 누구를 보내고,
오지 않은 기다림을 기다리다
작은 바람에도 누렇게 지고 있네

오솔길 따라 비틀비틀
푸념 늘어놓은 바람
못난 손주 마음
연약한 몸으로 한결같이 보듬어주네

한참 지나 뒤돌아보니
혼자 손 흔드시는 할머니
이슬 젖은 밤 하얀 웃음으로

신라의 뿌리

햇빛 실은 꽃수레 사랑 실은 봄바람
금잔디 위 살랑살랑
만리춘객 셀렘 가슴 두근두근
마음에 마음으로 이어진 발걸음 멈춰 세워
옛 숨결 듣고 있네
천년 전 숨겨놓은 별
그리움 찻잔에 띄워놓은 첨성대
포석정 놀이터 춤추는 노송
옛 풍류 솔가지에 얹어놓고
양심 잃은 쾌락
난간대에 걸린 희미한 반월
서슬 퍼런 화랑도
마의태자 의지도
토함산 계곡마다 울부짖음
편자 없는 말발굽 소리
천년 사직 연기처럼 사라졌네
금오산 아래 펼쳐진 찬란했던 신라 문화
천년 이어온 새싹들 십자성처럼 반짝반짝
온갖 사연의 더께가 돋아난
그 시절 그 아픔
한없이 보듬어주는 신라의 뿌리.

박가영(본명 점옥)

아호. 보연
경남 하동 출신 미국 세인트루이스 거주
·2018년 한양문학 시 부분, 등단
·전주시립 무용단원 활약. 세인트루이스 문화예술원
무용단장.
· Anheuser-Buseh 봉사상. 세인트루이스 한국문화원
·35대 세인트루이스 한인회 공로패 수상. United States
Army Garison 감사패
·시카고 한국무용단 감사. (現
·한양 문학상 시 부분 대상수상
·한양 문인회 회원, 문예마을 회원

호산

칼바람 비탈길 오르던 그대는
호랑이 숨결 같은 결기로도
말하지 못한 상처를 품은 채
천명 앞에서 조용히 섰다

눈보라 엉킨 산중에서도
사람들 눈빛 덫처럼 매서워도
그 상처는 설산의 무늬가 되어
골마다 은밀히 빛을 남겼다

서른 해 외길 끝에서
작은 불빛 하나 산왕사에 피어나자
호랑이 기운 고요히 번지며
먼 벌과 나비까지 불러들였다.

어머니 마음

반짝이던 눈망울은
겨울 새벽 얼음 위에
홀로 떠오른 별빛 같아
내 어둠을 먼저 깨웠다.

지달래 피고 지는 동안
아이 웃음 한 번이면
금 간 내 가슴도
봄물처럼 다시 흐르곤 했다

고난이 폭설처럼 몰려와도
어머니 마음은
부러진 나뭇가지처럼 휘어지되
끝내 아이 쪽으로만 향했다.

겨울의 깨우침

겨울 길목에서
차가운 바람 하나 스며들어
고국 향하던 마음 앞에
얇은 얼음 문을 놓았다.

기침과 통증은
내 안의 어둠을 흔들어
조용한 늪처럼
하루를 깊게 가라앉혔다

그 침묵의 바닥에서야
숨의 결이 다시 보였고
나는 남은 날들을
맑은 마음으로 걷기로 했다.

무상

유유히 흐르는 물 위에
마음을 띄워 보낸다
붙잡을 것이 없다는 듯

두 손 비우고 걷다 보니
쥐고 있던 이름들
물결 속에서 먼저 놓인다

보이는 것들이
제 그림자를 지우는 저녁
빈손이 오히려 가볍다.

매화

높은 산 양지에
먼저 불을 밝힌 꽃
눈비에 씻긴 얼굴이 희다

가슴 한쪽 저린 채
그 앞에 서면
찬 바람도 숨을 고른다

짝지은 산새들
짧은 입맞춤 흩어 놓고
가지마다 노래를 건다

달빛 내려앉은 밤
너의 향기 곁에 두고
산과 함께 잠들지 못한다.

박언휘

경북 울릉도 출생
2010년 국보문학(신춘문예 ,시및수필등단),
2019년 문학청춘 시로 재등단
2013년 한국 의사 시인협회 창립 멤버및 부회장
한국의사 수필가협회 고문, 한국PEN 문학 홍보이사
대구 여성문인협회 회장, 전)이상화기념사업회 이사장
한국문인협회 정회원, 시계간지 〈시인시대〉 발행인
▲저서 〈박언휘 원장의 건강이야기〉,〈선한 리더십〉
〈 안티에이징의 비밀〉〈 청춘과 치매〉〈세상을 바꾼
여성 리더십〉〈 시집.울릉도〉그 외 다수 .
현)박언휘종합내과원장, 한국노화방지연구소 이사장
박언휘.슈바이쳐 나눔재단 이사장
대구여성문인협회장, 대한기자뉴스 회징
한국 행복학회 자문위원장
국제 생명살리기 운동재단 총재
KERNEL UNIVERSITY,U.S.A, PROFESSOR

혼자 있을 때

혼자 있을 때가 행복해요
혼자 길을 걸으면
길가에 피어 있는 꽃이 나를 보고 있어요
혼자 의자에 앉아 있으면
바람이
내앞에서 노래불러요
혼자 있으면
휘야
부르는 어머니
당신의 음성이 들려와요
혼자 있을때
....

부활을 보다

지난 5월 4일
그 푸르른 날,
40대 여성 지체장애인이 하늘나라로 갔다

새가 되어 어디든 날아가고 싶다던
그녀가 강을 따라 바다로
병실 창밖 너머
꿈꾸던 아득한 산봉우리를 지나
별이 속삭이고 달이 어둠을 밝히는
하늘 높이 날아간 것이다

마우리족이 신성시했다던 뉴질랜드의 후아이아새 깃털은
3900만원에 낙찰되었다고 하지만 날개가 없는 그녀는 깃
털 대신 심장, 간, 좌우의 폐와 신장을 주고 갔다. 다섯
명에게 자신의 생명을 무상으로 나눠주고 Trans Human
시대의 Prelude가 되어 떠난 것이다.
돈 대신 생명을 주었다

코로나19로 많은 분들이 세상을 떠나갔다
죽음의 현장에서 의사로서 할 수 있는 일이 없었다
한없이 무기력한 나는
나의 삶이 무너지는 소리를 들었다.

나를 버리고
새가 되어 훨훨 나를 버리고 싶었다

아득한 절벽의 끝에서
지체장애인의 삶을 만났다
그녀가 주고 간 삶을 만났다
그녀를 대신하여
다섯 명이 살아나는 생명을 보았다.

그녀의 부활을 보았다.

원래 맨몸으로 이 세상에 온 것,
이 세상에서 얻은 것은
남김없이 주었을 때
다시 살아난다는 것을 보았다.

이 세상에 얻은 것은
이 세상에 고스란히 되돌려 주고 갈 때

나는 나를 지킬 수 있음을 알았다.

사랑의 마그마

하늘이
시퍼렇게
멍들고 있다
붉은악마의 몸짓으로
열정의 마그마가
그의 가슴을 온통 검게 태워 버린다.
불탄 반흔과 매운 연기로 거을은 가슴은
유황가스 보다 더 독한 사랑의 연가를 외쳐본다.
유물론자들은 독한 미명의 가스에 중독된 채
연인들로 하여금,
부끄럼 없이, 그들의 사상을 흔쾌히 흡입하게 한다.
연인들의 혁명적인 반동은, 코케인처럼 무저항의
사상에 중독이 된다.
그리하여 마침내 비합리적인 이념마저,
합리화가 되어버린
중독된 뇌리를 뒤 흔들고는,
검게 타버린 가슴을 헤집고 들어선다.
두드림으로 변한 격한 상처는,
마침내 가슴속 검푸른 멍은으로,
파스텔 같은 물감들로,
시선이 닿는 모든 곳에 뿌려져 흘러 내려진다.
뜨거운 사랑의 마그마는

번득이던 뇌리마저 알콜 중독자처럼 마비시키고,
사랑의 쾌락은, 벌거벗긴 육체처럼
수치 없는 눈물로 마무리가 되어,
혁명적인 세상의 아름다움으로 공존한다.
세상의 모든 아름다운 것은 슬픔으로 녹아 흡수되고,
위대한 괴물, 그 마그마에 저항할 힘마저 잃어버린다.
미칠 듯 불타오르는 마그마는 세상을 혼돈시키고,
질서마저 무릎을 꿇게 한다.
자존심도 파도처럼 부서진다.
그래서 그렇게 저항하던 복종의 프레임마저
무너뜨리고, 두 무릎 사이로, 스스로를 복종의 굴레로,
맹종의 프레임 속으로 잠입하게 한다.
멍든 하늘이 포효하며, 눈물비를 사정없이 흩날리고,
나는 내 안의 타오르는 연기 냄새를 없애려고,
애써 찾은 이성의 구강청결제를 뿌린다.

배원식

아호 뫼옵, 경북 상주 출생
농협 동인지 시 부문 우수상 수상
조아문학 시조작가상,
수필 신인상 수상
문학춘하추동 시조, 시 부문 신인상 수상
문학춘하추동 수필 작가상 수상
문학춘하추동 문우회장,
편집위원,
서향 정형시 밴드 회원

여명의 수채화

밤의 가장자리가 천천히 풀릴 때
하늘은 숨죽인 수평선 위로
어둠이 제공한 물에다
아직도 이름 없는 색감을 풀어
연한 붓질을 시작한다.

분홍은 푸름을 부르고
푸름은 회색을 쉬게 한다.
바람은 붓끝이 되어
파도의 결을 낮추고
색들은 서로의 자존감을 앞세운다.

말이 없이 흐르는 시간 속에
빛은 질문을 던진다-
어둠이 끝이었는지
비움이 시작이었는지
물결은 대답 대신 맑아짐을 선택한다.

아직 일출은 시작되지 않았으나
희망이 먼저 스며들어
하늘 한 켠에 자리를 잡는다.
여명의 화려한 붓질로 오늘은 이미 시작되었다.

유월의 묵상(默想)

용광로의 열기 속에서도
녹아내리지 않는
간절한 비원을
고이 접어둔 채
내 임은 바람 따라
들꽃이 되려고 갔습니다.

언어로 세운 집에서
숨은그림찾기 하던
사랑의 묘약도
떠나는 옷자락에 매달린
안타까운 절규도
허무한 메아리가 되었던
유월의 쓰라린 상처가
신경통 일기예보처럼
욱신거립니다.

폭염의 열기를 장대 같은
비로 씻어주던 그 날
영원히 식지 않을
사랑의 불꽃 속으로
임은 떠나고

봉안당 사진첩엔
그리움만 남아 있습니다

설치미술처럼
무너져 내린 절망과
임 떠난 사랑시를 눈물 바람으로
읽어주던 별들도 잠들고
홀로 남겨진 날들은
새로운 태양을 몰래 만들어
새 아침을 열었습니다.

아카시아꽃

쉼표처럼 온몸으로 느끼고
성찰해 보는
명상 숲으로 가면

사색의 공간과 힐링의 길이 열리고
숲을 뒤덮은 꽃향기가
오월의 신록 예찬을 되뇌게 한다.

하늘을 달리고 녹음을 스쳐온
향기로운 바람은
속삭이듯
산자락에서 일렁이고

알알이 싱그럽게 피어난 꽃들이
마치 천상에서 내려온 무산의 선녀처럼
면사포 쓴 순결의 여인이 되어
고독한 중년의 가슴에 심쿵하게 안긴다.

숲을 망치는 낭인으로
잠시 머물다간 사랑의 향기나
오로지 꽃피워도 열매 없는
고독한 연가만은 될 수 없기에

특유한 근성과 결연한 의미마다
가시가 돋아난다.

은은한 향기 방방곡곡 전하면서
애초부터 쓸모없었던
마음의 빗장을
풀어 헤치고
마음 하나 툭 터트려
이토록 고혹적인 매력으로
다가선 당신은 참 아름답다.

변창렬

한국현대시인협회 회원
중국연변작가협회 회원
문학춘하추동회원

고양이와 시의 변증법

고양이는 허리 굽히지만, 버릇은 아니다
시 쓰는 자세로 상상을 해보자

잠들어도
세상사가 둥글다고
잠잘 때 보여주고 있는 동물이구나

허리가 꼿꼿한 시에서는 볼 수가 없는 자세다
혹시 당신의 시는 허리가 어떠한지
스스로 만져본 적 있는가?

휘어진 허리의 굴곡이
눈빛을 파랗게 뿜고 누워 있다면
시 쓰는 당신도
눈알이 푸르게 반짝이겠지

염소

들이박을 때는 쌍놈이다가도
이러면 안 되지 싶어
물러설 때는 양반이다
뿔을 뒤로 젖힌 너
털까지 뒤로 눕게 하였구나

싸움은 망치는 짓이어서
지려는 생각을 미리 해놓았느냐
똥마저도 얌전하게 가늘어
바닥에 떨어져도 소리가 없거니
배설물에도 철학이 있다는 걸
가면서도 누는 자세로 보여주었지

바깥으로 뻗치지 않으려고
안쪽으로 굽힌 뿔
그 속에 숨긴 뜻은 너 혼자만 지켰기에
버리는 똥을 봐도 알 수 있다
알갱이로 도장을 찍어놓으니 우아하구나.

들꽃은 소가 되려고

꽃은 왜서
두 쪽뿐인 소의 발통이
쌍자엽 꽃으로 보일까

단자엽에서 쌍자엽으로
허공을 딛고 싶었던 소원
꽃은 한 생을 걸었다

소가 밭을 갈 때
꽃은 하늘을 갈고 싶었다
흔들리는 몸짓으로
하늘을 걸어 다니는 시늉을 하면서
소를 닮는다

소는 꽃이 곱다가도 미워
뿔로 뿌리를 뒤집으며
꽃을 못살게 굴 때가 있다

꽃은 그것이 더 좋아
소가 하는 대로 따라 해보기에
소발통 모양새를 닮고 있나 봐.

고양이 눈

마주보기 무섭게
새파란 눈으로 지켜왔던 우리 역사다

이백이나 로신이나
하늘을 볼 때 어떤 색깔이었을까
사마천의 눈도 새파랗게 떴으리라

눈 속에 감춘 것을
찾아내기란 하늘에 별 따기다.
고양이도 눈이 파랗게 핏줄을 이어 왔다

속일 줄 모르는 눈은
파랗게 밝다
그때는 노을도 파란빛으로 보이지 않았을까

옹크리고 누워있는 고양이는
눈빛이 깊었다
호수 하나가 파랗게 살아 있어서다.

참새는 겨울이면 신이 된다

속이 깊은 참새다
발가락으로 튕기는 겨울의 정수리
영하 20도는 너에게 겉치레이다

어느 신이 준 발가락이냐
뒤로 제치며 나는 하늘에
네가 만든 십자가가 더 높구나

얼마 살다 죽을지 모르지만
귀신이 된다면
네가 만든 십자가를 붙잡고 있을게

누군가 하늘로 찾아올 때는
너의 허락을 받도록 하자
봄이라고 꽃을 들고 온다 해도 마찬가지다

네가 목사로 살면
난 신도로 살게
너도 나도 귀신의 탈을 쓴 신이 아닐까

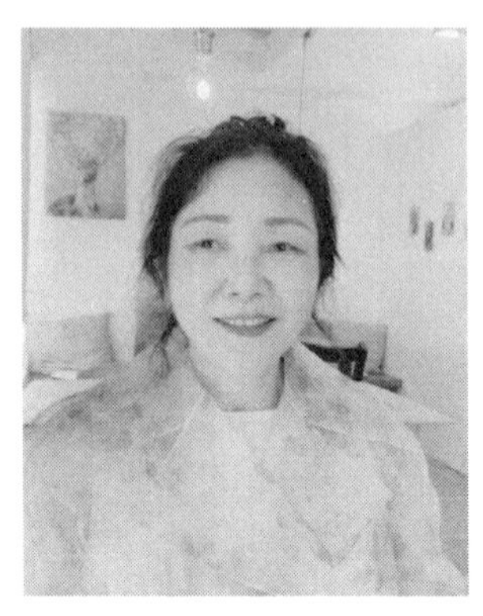

송미숙

아호:霞庭

전남 장흥 출신, 경기 안산 거주

한국문단 2015년 9월 11일 등단

시조 신인문학상 수상, 문예마을 아동문학 등단

대한교육문학상 아동문학 최우수상

문학공로 예술효도상 수상

동양문학상 시조 부문 대상

한양문학 문학상 수상

한국문인협회 회원

대구문인협회 회원

창원 시와늪 회원

시집「일몰 없는 황혼의 삶」

「달빛 지는 새벽의 숨결」

손녀와의 첫 만남

작은 우주가 세상으로 오는 순간
맑은 눈빛에 세상이 환해진다
이목구비는 정교하게 빚어진 듯
그 작은 모습이 천사처럼 예쁘다

"내 가슴에 별 하나를 심었네
너는 영원히 빛날 나의 보석 "
벅찬 사랑에 가슴이 뛴다

이 세상은 넓고 꿈을 키우기 좋단다
아름답고 멋진 이 세상에
너의 빛깔로 마음껏 그림을 그려 보렴

그러나
너는 싱그러운 꽃이 되렴
너의 뿌리가 튼튼히 내릴 수 있도록
이 할미가 거름이 되어 줄게

인생은 그렇더라

뜨거운 커피 한 잔처럼
처음엔 잔뜩 힘주고
금세 식어버리는 열정이더라

오르막을 힘겹게 오르면
또 다른 내리막이 기다리고
좋은 날 뒤엔 반드시 비가 오더라

애써 잡으려 했던 것들은
손가락 사이로 모래처럼 빠져나가고
기대하지 않았던 곳에서 꽃이 피더라

결국 좋은 일도 힘든 일도
모두 제자리로 돌아가는 강물 같아서
그저 흐르는 대로 가만히
지켜봐 주는 것이 인생이더라

연리지

우리는
왜 이토록 늦게야 깨달았을까요
모진 바람의 계절 속
하나의 결로 자라왔던 우리를

서로 다른 뿌리에서 뻗었으나
당신의 결은 이미 나의 이치
그댈 향해 아득히 손을 뻗어

당신은 기꺼이 나를 감싸 안아주었고
메마른 허공마저 촘촘히 엮어
마침내 하나의 몸을 이루었네요

이제 두 번 다시 찢길 수 없으니
묵은 상처마저 옹이로 품고 사랑한다
우리는 영원히 속삭일 수 있겠지요

당신이라는 나무 아래서

세상이라는 거친 바람이 불어올 때면
당신은 말없이 몸을 굽혀
나의 작은 그늘이 되어 주셨습니다

굽어버린 등은 나를 세우기 위함이었고
갈라진 손마디는 나의 꿈을 틔우기 위한
거름이었다는 것을 이제야 조금 알 것 같습니다

" 밥은 먹었니" 묻는 그 평범한 한마디에
세상의 모든 고단함이 녹아내리고
당신이 흘린 기도의 눈물은
어느덧 내 삶의 길을 밝히는 등불이 되었습니다

받기만 한 사랑이라 깊은 길은 아득하나
오늘도 당신의 이름 석 자 불러보며
내 마음속 가장 따뜻한 방에 당신을 모셔둡니다

어머니 나의 나무여
부디 시들지 말고 내 곁에
오래 머물러 주소서
사랑합니다. 고맙습니다.

그 자리에 핀 시간

발자국 소리 멀어지는 길목마다
나는 저녁노을처럼 가만히 앉아
움직이지 않는 시계추를 닮아갑니다

사람들은 말하죠
흐르지 않으면 고이는 것이라고
나아가지 않으면 지는 것이라고

하지만 보이나요
바람 한 점 지나가지 않는 이 정적 속에서
나의 뿌리가 얼마나 깊게 흙을 껴안고 있는지
머무름이라는 치열한 운동으로
내가 얼마나 진한 향기를 빚어내고 있는지

세상의 속도가 나를 앞질러 갈 때
나는 나만의 계절을 정중하게 맞이합니다
서두르지 않아도 도착할 태양과
멈춰 서야만 비로소 보이는 그림자들

떠나지 않아도 가득합니다
제자리에 핀 시간은 멈춘 것이 아니라
가장 뜨거운 중심으로 깊어지는 중이니까요.

안효만

아호: 술래

공감문학 시 등단 작가인증

강건문학 시 가시 등단 작가

문학 춘하추동 시조 등단

문학춘하추동 부회장,편집위원

제1시조집: 미루나무가 있는 언덕

제2시조집: 쌍샘뜰에서 다마레

제1시집: 까치 아리랑

제2시집: 엄마 생각만으로도

제3시집: 저장했습니다

제4시집: 시 한잔 하시지요

제5시집: 잠 못 드는 그리움

제6시집: 즐길 줄 아는 행복

제7시집: 소년이 된다

선물

오늘과
내일이란
말이 있어서
참, 다행입니다
얼마나 좋습니까
오늘의 부족을
만회할 수 있으니
놓쳤던 기회를
잡을 수 있고
미뤘던 일
마칠 수 있으니
얼마나
다행이고
좋은가요

오늘 그리고
내일이라는 말이

그래서
참
좋습니다.

회한의 세월

세월은 흐르더라도
우리의
뜨겁던 사랑
잊지는 말고 살자

당신의
뜨겁던 사랑으로 인해
우리의 존재가
더 뚜렷한 목적으로
당연시 화 되어 있으니

그때의 사랑이
지금의 필연으로
이어지고 있음을
자랑스럽게
이야기해 가자꾸나

사랑의
절대 기억으로
오래오래.

봄비의 비애

비가 내리면 네가 떠올라
그리움 너를 찾아 나서고
보고 싶어서 창밖을 보면
즐겁던 청춘 행복에 취해
그리움 커져 눈물이 나네.

계절 바뀌어 외로움 크고
떠도는 마음 달래어 보려
비 맞고 선 나무가 된 듯이
돌린 얼굴이 멈춘 채로라
내리는 빗속 서글픈 마음.

비는 내리고 마음은 슬퍼
땡기는 커피 스미는 고독
폰을 만지작 뜸만 들이며
흥분한 마음 주저앉히고
빗줄기 세며 끝내 눈물을.

봄

냇가에
버들강아지
털모자
푹 눌러쓴 채
섣부른
봄
알리려다
물가에 빠진 발
빼도 박도
못 한다.

노랑나비 가
깜짝
놀라
창문 닫고
휴~~
한
입춘지절에.

사랑한다는 의미

"사랑합니다"란 말은
온전한 마음의 진실을 가감 없이
그대에게 표현하는 일이다
좋아서 단지 좋아서가 아닌
그대의 정신까지를 좋아해서
내 모든 열정을 건네는 일이다
내 전부인 영혼까지를
오로지 한사람인 그대에게
바치는 일이니 얼마나 위대한
결정이고 대단한 믿음인 것이다.
진정한 의미의 신뢰가 없으면
상상도 못 할 인생 최대의
승부수를 건 도박인지도 모른다.
아니, 도박일지는 모르지만
대박찬스의 기회인 것일 게다.
인생이고 삶 자체를 올인한
그 자체 일테니까
사랑은 그만큼 위대한 한 인생의
주춧돌을 안치는 것 일거다
당신과의 만남에서부터가,,,
사랑입니다
사랑입니다. 당신은!

예시원

시인·문학박사
〈월간문학〉짬뽕 한 그릇,
〈한국소설〉짬뽕 두 그릇 등단
〈시와사람〉시 등단,〈한국산문〉수필 등단
소설집 『토영 통구미 아재』
시집 『누가 바다의 이름을 부르는가』
수필집, 평론집 다수 발간 , 한용운문학상, 한국문학상,
박남수문학상, 남명문학상(시조) 수상
한국문인협회, 한국소설가협회, 한국수필가협회,
서울시인협회, 경남소설가협회, 경남시인협회 회원
한국문학비평가협회 이사, 계간『시와늪』주간·심사위원,
한국문학세상 심사위원, 문학춘하추동 부회장,
문학그룹 샘문 부이사장

Eldorado et Shangri-La 엘도라도와 샹그릴라

날씨는 바뀌어도,
사람의 마음은 변하지 않는다네.
모든 것은 사막의 신기루처럼,
덧없는 환영일 뿐이지.

황금빛 엘도라도의 꿈은,
끝없이 바람에 흩날리는 모래,
샹그릴라의 안개 속 숨겨진 성은,
손에 닿지 않는 저 먼 별빛.

현실의 눈을 떠야 하리,
몽환의 베일을 걷어내고,
텅 빈사막 위에 선 우리는,
진정한 길을 찾아야 하리라.

거짓과 환상 뒤에 감춰진,
진실의 빛을 쫓는 마음,
그것만이 우리를 이끌리니,
바람 속에서도 흔들리지 않는 등불.

Ce qui Mûrit 익어가는 것

누룩이 숨 쉬는 밤,
서늘한 공기 속에서 술이 익어간다.
그향기는 포도밭의 늦여름처럼,
심장을 따뜻하게 감싼다.

갓 구운 빵의 냄새가 골목을 적시고,
그 속에는 어린 시절의 부엌,
벽난로 불빛 속 웃음소리가
은은히 스며 있다.

오래 신은 구두처럼,
길 위의 먼지를 함께 견딘 친구,
그 주름 속에 깃든 이야기들은
어느 와인 보다 깊은 맛을 품는다.

아, 세월이 익혀낸 것들,
그것은 부드럽지만 결코 약하지 않다.
빵과 술, 그리고 오래된 우정은
가장 고귀한 향기로 남는다.

L'Or Rouge 붉은 황금

전설 속 엘도라도,
그대는 그 빛을 좇아 달린다.
세느강 위의 해 질 녘처럼
붉고 찬란하며, 그러나 손에 잡히지 않는

길 위에서, 그대는 돈키호테인가?
녹슨 창을 쥐고 바람의 성채를 향해 돌진하는,
우스꽝스럽고도 숭고한 사내인가?
아니면 금빛 모래 속에 스스로를 묻는 방랑자인가?

프랑스의 옛 시인들이 노래했듯,
부와 명예는 샹젤리제의 안개 속 꿈이리라
그 빛은 손가락 사이로 흘러가고,
남는 건 먼지와 웃음뿐이다.

그러나, 어쩌랴
그 황금을 좇는 발걸음 속에서만
그대의 심장은 뛰고,
세상은 잠시나마, 다시 노래하니.

먼 길

덕수궁 네 거리서 나랏님을 그리니
갈 길은 구만리라 안개만 자욱하네
내 마음 가서 닿을 곳은 그 어디메 있는지
궐문은 높다랗고 구름은 깊었으니
지척이 천리로다 야속한 세월이야.
임 계신 그곳 자리가 꿈속에야 보인다

바람아 불어와서 내 소식 전해다오
간절한 이 가슴을 뉘라서 알아줄까
오늘도 먼발치에서 하염없이 서있네
전봇대 줄지어서 하늘을 가렸으니
님 계신 봉우리도 보일 듯 아니 뵈네
혼란한 세상 길에서 발걸음만 무거워

봄바람 온다 한들 겨울인들 다르랴
시린 발 절뚝이며 고개만 넘어가네
무심한 신장로에는 그림자만 길구나
고달픈 이내 몸이 쉴 곳은 그 어디냐
선비의 장진주사 한 잔에 잊을쏘냐
그래도 님 향한 뜻은 변할 줄이 있으랴.

복사꽃 강물 위에 배 띄워

복사꽃 고운 잎은 도화라 부르던가
붉은빛 가득하여 봄바람 머금으니
꽃비가 흩날릴 때 가슴이 설레누나

가노라 멈추어라! 저 꽃잎 떨어지니
세월을 붙잡고서 이 봄을 즐기는데
무릉이 그 어디메뇨 여기인가 싶구나
이 봄이 가기 전에 청수강 배를 띄워
굽이친 물결 따라 유유히 흘러가니
산 그림 너울거리며 어깨를 들썩이네

술잔에 달을 담아 단숨에 비워내고
비워낸 그 자리에 연분홍 꽃을 채워
신선의 놀이터인 듯 이 강을 건너리라

노 젓는 사공처럼 물결을 흔들대면
따스한 강바람에 아지랑이 오르고
강가에 버들가지가 춤추며 반기누나
인생은 구름인 걸 이제야 알게 되어
빈 하늘 자연 속에 내 몸을 맡기우니
꿈결로 둥실하여라 이 봄이 가는구나.

오태호

아호: 후산
개천미술대전 서각부문 우수상수상
계간 문학춘하추동 시 등단 신인상
문학춘하추동 회원

당신의 미소

문 하나 열고 들어서니
웃음꽃 피어난다.
내 눈길 닿는 곳
당신이 환하게 웃고 있다
문 닫고 돌아서도
행복이 한 가슴 가득하다
당신의 미소에는
누구도 그려낼 수 없는
사랑이 있고
내 모든 걸 치유하는
묘약이 있다.
내가 가는 멀고도
낯선 길 위에
당신의 미소는
행복을 부르는 노래입니다

솟대

먼 하늘 꿈하나 두고
묵언수행 하세월
속세에 발 하나 딛고 선죄
백팔번뇌 물들어도
눈 귀 입 닫고
애써 고개 돌려 꿈 쫓아본다.
비워도 비워도 다 못 비운 마음
채워도 채워도 모자란 정성
아둔한 새대가리
끝끝내 못 깨우친 도
어느 집 아궁이에
소신공양 하더라도
미몽의 꿈 부여잡고
묵언수행 하리라.

달력

제야의 종소리가 이별의 전주곡이던가
헌 옷 입은 너를 보낼 때마다
아쉬움 하나 마음 밭에 묻는다
겹겹이 쌓아 묵혀온 세월
주름 되어 피어나고
흰머리 하나둘 더한다
오고 감이 다 한 자락인데
제자리 맴돌다 언제나 같은 선택
못다 비운 욕심 하나 때문에
행여 하는 소망하나 때문에
가는 너를 아쉬움으로 보내고
오는 너를 설렘으로 맞는다
세상 미련한 내가‥

후회

제멋에 겨워
마음대로 걸어온 길
되돌아보니 어지럽구나
옛 성현 가라사대
젊어 배우지 않으면
늙어 후회한다고 이르시었고
선생님 가르치시기를
책 속에 길이 있다고 하시었는데
게으른 어리석음 설익은 배움
잔머리 반짝이다 벗어난대도
지름길 찾아 헤메이다
빈 벌판만 돌고 돌았구나
지는 해 바라보며
회한에 젖은 마음
그림자 기어가듯
스믈스믈 커져만 간다.

목어

구하고자 하는 것이
무엇이던가
한번 세운 그 발심
그리도 높고 깊었던가
사바세계 구하고자
부처의 욕심이던가
삼생의 이치 거스리고
산중으로 와
빈 마음에도
욕심 하나 들까 봐
제 속 다 비워내고
비로써 얻은
따각따각 득음의 성불
행여 귀먹은 중생
길 잃고 헤맬세라
부릅뜬 두 눈
찰나의 깜빡임도 없는 의지
어불의 거룩한 그 뜻
이제야 깨달으니
나 함부로
낚싯바늘 던지지 않으리오.

유점순

아호:운산雲山
경남 통영 출신
부산해운대 거주
문학과 예술 선진문학, 아시아 서석문학 등단
언론인이 주는 문학발전대상 수상
언론안연합회 한국100인문학발전대상
부산 문인협회공동발행인
계간문예. 선진문학 이사
춘하추동 이사
문학춘하추동 작품상 수상
시집「그리움이던가」

바람이 떠난 후

햇살 하나
서럽도록 눈부시고
묻어 두었던 말들
허허함은 세월에 숨겨두고
아픔은
피었다 시들어진
꽃잎으로 날고 있는가

허기진 기다림은
마른 가지에 숨은 눈물이
서리꽃으로 피어나려나

진달래꽃이 피면 오시려나
내 뜨락에 서러운 눈물이
앞섶을 적십니다

그리움은
붉은 눈물 안고
동백으로 떨어져 내린다
깊이 묻어 둔
어설픈 그리움이던가
바람이 떠난 후에

천년이 되면

겹겹이 쌓인 날들이
어찌 기다림뿐이겠는가
문풍지 넘어
긴 세월이
마른 잎을 울리고
찬 물비늘에
허리 굽은 갈대의 눈물마저
말라버린 늪
키가 자란 그리움
털어내지 못한 너를
설한풍에
늙은 갈대가
삶의 얘기들을 풀어놓는다

머물다 가는 길
숲길에 세월 건너
쓸쓸함이 너를 가슴에 두고
잔설에
햇살 하나 보듬어
천년이 지나면
우리 무엇이 되어 만나질까.

바람이 가는 길

겨울의 쓸쓸함은
깊은 그리움입니다
바람이 들석이는 숲에
때죽나무 울음도 마디마디
숨은 얘기 속에 연잎새로
돌아날 채비를 하겠지

마이산 산사
곱게 세긴 문살마다
기도가 새겨진 기억 속
처연한 그리움 위에
또 그리움이 쌓여 지고
돌탑처럼 쌓여 진
수없는 눈물진 기도
마른 가지 울리는
바람만 산길을 걷는다

삶이란
베틀의 북보다 빠른 날
석양이 마이산을 건너간다
바람이
지나간 꼬부랑 길 따라.

지난날의 내 정원

행복의 물결이
가슴 가득한 어제가
꽃이 피듯 피어난다
감사와 사랑이 뛰놀던 정원에
세월 지난 허름한
그리움이 남아 있습니다

가슴 따뜻한 정원
아름다운 날들이 걸어오면
작은 바람에도
못다 한 얘기를 쏟아내는
고운 정원에
꽃잎 터지는 소리가
들길을 걸으리라

정원에서 때죽나무
꽃이 거꾸로 매달려 웃듯
낡은 정원에 봄이 오면
꽃잎 터지는 소리
들꽃이
웃는 소리가 걸어오리라.

바람이 울 때면

등이 굽은 갈대 곁에
허리 접힌 지난날이 서럽게 울던 날
그리움은 깊어 가는가.

찰랑거리는 잔물결의
애잔한 얘기들
노을을 닮은 듯
희미한 길에서
세월이 잠들지 않는 밤

웅성거리며 바람 따라 봄이 오면
묻어 둔 어제가 분주히 걷는 심사를 아는지
바람이 불 때면 그리움 쏟아 내리고
여로가 묻힌 허기진 그 길 따라
옛날이 걸어오면

찰랑거리는 그리움이
기억 속 젖은 강에 윤슬되어
아프면서 빛나는 건
어인 탓이런가.

이상현

대한 문인 협회 시인 등단 신인상
문학 춘하추동 시조 시인 등단 신인상
문학춘하추동 이사
서향시조사랑밴드회원

어느 시인의 꿈

내 일생一生
두 평坪의 땅을 갖고 싶다
한 평坪은
시를 쓰고 책을 읽고
글들과 놀고 싶다

또 한 평坪은
예쁜 꽃을 심고 가꾸어
그 꽃들과 이야기도 하며
즐겁게 살고 싶다

나그네 걸음 다 하는 날
그 꽃으로 화관花冠을 씌워
고이 잠들고 싶다.

꽃길 · 2

걸어온 길을
문득
뒤돌아보았습니다.

험난險難하게 왔다
생각했지만

그 길은
꽃길이었습니다

내 앞길도
험로險路이겠지만

지나고 보면
꽃길이겠지요.

그대가 따뜻해서 봄이 왔습니다 · 2

꽃이 핀다 하여
봄인 줄 알았습니다

아지랑이 핀다 하여
봄인 줄 알았습니다

갈라진 손등 부여잡고
입김 불어주던 그 소녀가

한공(寒空) 햇살에도
밝게 웃어 주던 그 소녀가

옷매무새의 나불거림에서
봄이 왔음을 알았습니다

봄은
그저 오는 것이 아닌가 봅니다

그대를 통해야만 오는 봄이
나는 좋습니다.

봄날 · 3

잔설 지나
아지랑이 필 때쯤
이맘때의 초록은
너를
처음 보았을 때만큼
참 예쁘다.

그 사람 · 5

꿈으로 다가와
그리움으로 머물다 간
그 사람

그리움의 끝을
알 수 없게 만든
그 사람

이제는
말할 수 있습니다

그대와 함께한
모든 시간이
사랑이었습니다.

이성두

대구 출생, 대구 거주
현대시선 시 부문 신인문학상
현대문예 수필부문 우수작가상
대구문인협회, 다솔문학, 문예마을
들꽃문학, 문학 춘하추동, 시와 늪 회원
열린 동해 장원급제상, 설봉문학 대상
민들레문학상, 경제신문 코벤트가든 문학상
문학춘하추동 작가상 외 다수
2020년 예술활동지원금 수혜,
2021년 창작지원금 수혜로 시집 발간
시집: 『이브의 눈물』『행복한 줄도 모르고』
『달밤달밤 발밤발밤』『바람의 눈빛으로』
동인지: 『캘리그래피 시화집』『붉은 고백』 외

홍등

흰 눈 사이로
산매가 홍등을 켜면

찻바람 난 남천은
달성공원 앞 솜사탕처럼 닳아

사라진 골목골목
어둠으로 언뜻 살아나니

어디선가 명자꽃 같은 소녀는
이미 속인처럼 붉어

지워지지 않는 여느 아픔도
봄날처럼 곱기만 하겠네.

봄이 오건만

대한도 지났건만
방 안은 아직 겨울방학

낭만은 홀로 먼 길 떠나고
웃풍만 흥얼거린다

구들목 없는 시대

기어이 온기를 찾아
이불 속으로 몸을 접는 굼벵이

보이지 않아도
어디선가 붉게 울고 있을
꽃. 그 위대한

어떤 숨

지구 도는 소리가
여전히 벽을 오르니
귀는 어둠을 더듬는다

오랫동안 묶여 있던 침묵은
안쪽에서 밀려오고
가늘게 피어오른 담배 연기는
허공을 더듬다 서서히 부풀어
이내 눈물을 흘린다

기어이 숨비소리로 마침표를 찍는 헐렁한 밤
어둠의 매표소는 조용히 문을 닫는다.

중보기도

고요 속 눈 감은 응시는
겉으론 침묵 같아도

거미줄처럼 이어진 마음 줄
닳고 닳아, 어둠마저 녹인다

날마다 빈방에 쌓아 올린 기도
문 열면 와르르 쏟아질 듯

보이지 않는 탑 되어
세상의 어떤 높이보다 더 높이 솟은
침묵의 탑, 여백으로 가득해도

이 가슴, 저 가슴
숨 막히도록 답답한 마음
조용히 뚫어주는
바람 같은 중보기도랍니다.

어떤 집착

들어와 있다는 것도
쌓인 염원을 느끼는 것도
날마다 이어 같은 시간,
거기 앉아 있는 것만으로도
스스로 한 약속만 같아
은근한 합리화로 주저앉는 새벽
눈감고 두 손 모은 고요
고요를 휘젓는 잡념에 묻은 것은 무엇인가
끝내 떨어지지 않는 집착은 무엇인가
간밤의 침묵한 대화가
뫼비우스의 띠처럼 흐르고
잡초처럼 돋아나는 생각을
절제하지 못하는 이 나약함,
아침을 파내고 거기 든 싹을 자르고
끊어야 하는 데 끊지 못하는
술처럼 담배처럼 게임처럼
아무것도 아닌 보잘 것도 없는 허무의 상념,
그뿐인 것을
너, 이름하여 페북이던가

이철우

경기 안성 출생
서울중등교장 역임. 한경국립대학교평생교육원
지도교수역임. 《공무원문학》시, 《소년문학》동시조,
전국불교신춘문예》시조,《한국작가》평론,《청암문학》
동시 · 수필,《신정문학》디카시 · 민조시 등단
DSB경기문학방송 대표, 공무원문인협회 부회장,
안성문협 자문위원, 문학춘하추동 이사, 동심문학회 이사,
한국해양아동문화연구소 지도고문, 동심문화예술연구회
경기지회장, 월간《소년문학》운영위원,외 다수
한국문인협회, 한국시조시인협회, 한국아동문학인협회,
아태문인협회회원, 사동시인협회회원,
공무원문학상, 소년해양문학상. 안성문학작가상,올해의동
심문학가상,표암문학상, 벽송시조문학상, 디카에세이본상,
24서울시지하철공모 선정,외 다수
전자책 동시조집 『원댕이 고개』외 48 권
동민조시집 『개똥벌레』외 9 권
디카시집 『원댕이 꽃밭』『원댕이 둘레길』
치유동시집『알콩달콩』『알록달록』
평론집 『현대 작가와 작품의 이해』외 4건

고향

어린 삽살개 긴 하품하고
박 얹은 초가지붕에
흰 연기 낮게 깔리면
들에 갔던 아빠 돌아오시네

심술궂은 야옹이 기지개 켜고
엄마 등에서 울던 아가
밥 달라 재촉하면
별님 하나 얼굴을 내미네

멍석 위 된장 냄새에
온 식구 둘러앉아
오늘 이야기 이어가면
달님이 졸면서 엿듣고 있네

새집

뒤뜰 감나무에
새집 하나 만들어
세를 놓았다

곤줄박이 한 쌍이
들어와 살면서
사이좋게 마주 앉아
신나게 노래 부른다

정겨운 노래로
아침마다 나를 깨운다

집세가 없어서인지
노래로 대신한다.

반딧불이

밤길이
무서워서
꽁무니에
등불을 달고 다니는
개똥벌레 반딧불이

어둠이 찾아오니

친구들과 함께
마실을 나간다

고추잠자리

파란 도화지 위에
빨간 물감으로
그림을 그린다

도화지가 너무 커서
친구들과 함께
날개로 그린다

가을 이야기를
옛날 노래로
마음껏 그린다

파란 하늘에
빨간 선으로
고추잠자리가
그림을 그린다

연꽃

태고의 고요 속에
뒷산이 기지개 펴고

철 늦은 백로의 춤사위에
새벽달 앞 개울에 내리고

아침 안개 낀 논길에
농부가 새벽을 깨울 때

쉼 없이 지고 피는 연꽃은
막 피어오르는 물안개로
몸을 슬쩍 감춘다

전진식(田鎭植)

필명: 전진(田塵)
거주지: 대구.
월간문학도시 신인상
시비건립 윤동주 문학상 최우수상
토지문학 코벤트 문학상 대상
[사]종합문예유성.올해의 작가 대상
2026년 제너럴 타임지 신춘문예 당선
글로벌문인협회 대한민국 명시선 작가 등재
한국시집박물관 시집 소장
시집: [돼지가 웃을 때는]
[비탈길 사람들]

보름달

버리고 또 버리고 얼마를 더 비워야
저— 달처럼
둥실
하늘 높이로 떠오를 수 있는가

풀 한 포기 없는 밤하늘에
신기루의 이야기도 아닌데
저것은 내 심장의 망부석
휘영청 달은 혼자 외롭다
나는 네가 될 수가 없어
세속을 걸으며
비울 수 없는 삶의 여정에 발길을 돌린다

바라보기만해도 좋은
저 달
이룰 수 없다고
밤을 새워 부엉이가 울었고

오를 수 없는 높이를 생각하다가
죽어서라도 함께 해야지
우물가로 가서
나는 두레박을 내려 달빛을 줍고 있다.

탈춤

자유로울 수 있는 것은
네가 나를 알 수 없는 데 있다

춤을 추자
만남이 모두 인연인 것을,
손을 잡고 눈빛이라도 주고받으며
사는 것이 때로는 휘파람이 되고
울고 있어도
웃고 있는 돌개바람이 되어
서러움은 한恨이 되고 사는 게 무언지
덩실덩실
춤을 추자
마주보는 사랑이 되어 웃어 보자
두 돌 된 손녀 연아야
너도 북소리가 들리느냐

춤을 추자
춤을 추자
자유는 하늘에 있고

너는 나를 모르고
나도 너를 알 수가 없고.

뿌리   —윤동주 선생님을 생각하면서—

나무는 물을 기억하고 있다
뿌리를 내려 물을 찾고
기원(紀元)을 거슬러 오르고
샘은 젖어 있어도
詩 한 줄은 목이 마르다

한 젊은이가 부르다가 죽은 노래는
연변 마을 외진 시비(詩碑)로 서 있고
아직 벗겨지지 못한 천 쪼가리에 가려서
홀로 외롭다
지조 높은 개가 새벽을 짖는다

나는 두레박을 내려서
우물에 빠진 하늘과 바람과 별을 건져 올리며
우물가에 서 있던 그 사나이가 그리워
두레박에 담긴 별을 헤아린다

왜인가
자꾸자꾸 서러워지는 그 사람
하늘을 우러러 한 점 부끄럼이 없다고
별 하나의 사랑에 기을이 가고
산모퉁이를 돌아서니
사슴 한 마리가 뒤를 돌아 본다

대문

살짝
조금만 대문을 열어 두겠습니다

누군가가 조용히 왔다가
마당을 한 바퀴 돌고
우물가로 가서 두레박을 내려
물 한 모금 마시고
툇마루에 앉아 달빛도 조금 쇠다가
정원 꽃밭을 둘러 향기로 비틀거리며
삐거덕
대문을 닫는 소리를 듣고
그때서야 비로소 빗장을 걸겠습니다

그리고 누군지 알지 못하는
그 사람의 흔적을 되짚어 보며 잠을 청하겠습니다

여지껏 잠겨있던 대문
조금만 열어 두었습니다.

실직

삼 개월째 쉬지 않고 달성공원 동물원을 찾는다
짐승들은 눈치도 없고
빈둥거림은 피장파장이다
어쩌면 구경꾼이 된 내가
저들 눈에 비추어진 동종의 몰골이다

할 짓이 없어
야바위꾼의 장기판에 훈수를 두다가
고래등 같은 고함에 슬그머니 등을 돌린다

회전목마를 탄 아이들은 풍선을 들고 뜀박질인데
주머니에는 동전 몇 개가 달랑 거린다.

정정숙

2025년 6월 현대계간문학 신인문학상 등단
법무부장관상
정정숙 교육연구소설립 우체국체신청장 상
거창군수상. 거창지청장 상 2회

내 마음

사랑이 비워진 자리에서
눈물은 저녁 빛을 닮아 피고
감정의 잔빛들은
커피 향 위에서 조용히 떠 오른다

지나온 시간을 펼치면
사랑은 하늘 결처럼 번지고
그 잔물결 속에서
숨결 하나가 다시 깨어난다.

욕심과 영원을 털어내면
굽은 마음의 결이 펴지고
내 마음 스친 자리마다
따뜻한 빛이 가만히 번진다.

흐르는 나

산 녹은 물이
바위의 묵은 멍을 스치고
그 맑은 떨림 따라
내 마음도 헐거워진다.

삶의 작은 조각들은
자갈에 닿아 빛을 튀기고
서러운 마음들은
잠시 고였다 흘러간다.

산 그림자 아래 서면
시간이 얇게 접히고
나는 조용히
돌 하나를 물결에 놓는다.

가을의 품

배추는 노을의 살결처럼 여물고
무는 땅속 깊은 곳에서
숨을 단단히 돌돌 감아
저녁 빛의 뿌리가 된다

바람은 흙의 오래된 상처를 뒤집고
손길은 하루의 무게를 벗겨내며
작은 밭 한 모퉁이에서는
사람의 마음 까지 서서히 익어간다.

가을은 익음의 끝이 아니라
뿌리가 다시 태어나는 깊은 어둠
흙의 침묵 아래에서
나는 그 재탄생의 숨을 듣는다.

거짓말도 보약이 되는걸

진실은 얇은 얼음의 결처럼
말끝마다 서늘한 금을 세우고
그 빛이 지나치게 곧을 때 면
가슴의 숨결까지 미세하게 갈라진다.

작은 거짓 하나는
첫눈처럼 가벼운 위로가 되어
식어버린 마음 위에 내려앉고
잠시나마 온기의 막을 씌워 준다.

우리는 오래전부터 알고 있다
말이 다정함을 끝내 품지 못할 때
사랑에서 길어 올린 작은 거짓 하나가
진실보다 깊게
사람을 살리는 순간이 있음을.

조용한 기도

그님 걸음 느려지자
계단에 남은 마지막 발자국이
시간의 마른 비늘처럼 들떠
나를 잠시 뒤돌리게 한다

낙엽은 바람 어깨에 기대어
자기 무게를 잠시 잊고
떠남과 머무름이
결국 같은 파문임을 보여준다.

바람은 이름조차 붙지 않은 것들을
소리 없이 훔쳐 가고
남은 침묵의 골짜기에서
나는 삶의 첫 물길을 다시 더듬는다

그님 작아질수록
세상은 더 크게 숨을 불리고
그리움 깊어질수록
나는 나의 어둠까지 조금씩 이해한다.

조경례

문학 춘하추동 시 부문 신인상
문학춘하추동회원
광양 문인협회 회원
광양 미술협회 회원
광양 여성작가회 회원
달샘 동시문학회 회원
빛그림책 동인
그림책 전우치 이야기, 구봉산의 빛 발간

가벼움의 반란

먹이 찾던 물닭
세모 물살 만들어
깃털보다 가벼운 그림 그린다

찬바람 못 이긴 갈대숲
졸린 하품 하다가
꿈나라 여행 떠났다

반 팔 차림으로
가볍게 달리기하는 겨울

가벼워서 좋은 것과
좋지 않은 것이
공존한 찰나

가벼운 말씨들
노을에 걸려
배회하고 있다.

가을이어서 아픈

길이 여러모로 나 있습니다
내려앉은 햇빛이
길바닥을 훑고 지나갑니다.

잎을 떨어뜨린 가을이
아프게 다가섭니다

황토에 고뇌, 번민이란
글자를 수 놓아봅니다

수놓인 길을 밟습니다
한숨이 스며듭니다

모퉁이를 돌자
빗질한 길이 보입니다
그 길을 밟습니다

가을이어서 아픈 길.

너 이기에 믿을게

고요가 숲을 흔드는 동안
바람은 잠을 자고
사유는 물을 타고 흘렀다

냉기가 우위를 차지했지만
햇살에 노곤해진 나무
미소로 하루를 버텼다

밤을 돌아 낮이 된 침묵
건들지 않아도 터질 것 같은
사춘기 아이 심장을 매달았다

숲은 숲이기에 침묵을 안고
피어 날 꽃눈 가슴에 품었다

다시 봄

벚나무 꽃송이를 밀어낸 자리
어머님 눈물이 매달렸습니다

눈물 몇 방울 흘러
개나리로 피어나더니

개나리꽃 등에 청춘이 걸려
발개진 봄 햇살에
너울너울 춤을 춥니다

사월이 오고 가도
수줍은 봄은
향기로 피어나고

내어주었던
봄이 다시 와

어머님 뜨락에

여과된 하루를
두고 갑니다

일 년 계획

신년엔 결심을 하지
미운 맘 걷어내고
용서하겠다고

삐죽한 맘 구부러진 맘
다듬고 펴서
온전한 맘 곧은 맘 가지겠다고

책상 앞에 써 붙이고
맘 속 깊게 박힌
대못 하나 빼냈다

조정숙

경남 의령 출신
조정숙 아호. 은초
2018년 한양 문학 「시 부분」 신인문학상 수상
2019년 한양 문학 시 부분 최우수상 수상
동인지 《여백 · 01~02》출간
2021년 시와 늪 문학 [시조 부분] 신인문학상 수상
한국 문인협회 회원
월간 시see 회원
계간 시와 늪문인협회 회원
계간 시와 늪 문학관 회원

조경사 옆 지기

새벽닭이 울기 전에 닭띠 남편 일어나
가족들 깨지 않게 고양이 걸음으로 집을 나가 출근했다

첫 직장에서 퇴직까지 33년
피곤한 내색 없이 한 직장에 몸을 담았고
퇴직 후에도 조경사 일을 계속하고 있다

달걀이 익을 정도의 태양 아래
땀범벅이 되어 일하는 나의 한쪽이다.
측은지심을 넘어 눈물이 고인다.

홍시

해마다
까치밥은 남겨야 한다던 어머니
주렁주렁 열린 빨강 사랑
쫀득하고 찰진 어머니의 사랑

항아리 속 죽은 강아지 불알같이
물컹한 찬 홍시
배고플 때마다 한 개씩 꺼내
화롯가에 둘러앉아 먹었다

먹을 게 많은 요즘 우리 아이들
소가 닭 보듯 닭이 소 보듯
됐어요 그런 거 안 먹어요 한다
홍시 먹는 사람은 우리 부부뿐.

떨어진 자존심을

키 작은 처녀의 자존심은 하이힐이 끌어 올리고
꽝 마른 남자의 자존심은 두터운 파카가 끌어 올린다.

변호사의 자존심은
승소 재판이 끌어올리고
직장인의 자존심은
승진이 끌어 올린다.

고3 학생 자존심은
오른 성적표가 끌어올리고
초보 시인의 자존심은
팬들의 댓글이 끌어올린다.

장마

한바탕 성질을 쏟아낸
앙칼진 너는
세월을 태평스럽게 베고 누워
맑았다 흐렸다 를 반복한다.
너는 갱년기다.

나의 부적(符籍)인 그대

그는 나의 부적符籍
어떤 슬픔이 밀려와도
슬픔에 흡수되지 않게

어떤 고난이 밀려와도
고난에 흡수되지 않게
견뎌내는 기운을 주는

내 곁에 딱 붙어 있는
부적 같은 단 한 사람
세상에 오직 한 장뿐인.

조홍규(趙洪奎)

아호: 방원方圓
시인, 문학평론가.
문학박사.
『문학공간』,등단으로 시 작품활동
『문학예술』,(평론)등단
한국문인현협회 (평론)회원
한국문화예술연대 이사 (3대)
계간문학 춘하추동 이사
시집『꽃을 위한 변명』.

민들레는 잘 살았다

함박꽃이 이름으로 아름다웠더냐.
함박꽃이 아름답다 하는 것이,

뜻 밖의 이름으로 불려서 돼지감자가 된 돼지감자,
돼지감자이어서 사람 몸에 이로운 것이 아니다.

민들레가 민들레인 줄 알지 못할 때에도
민들레는 잘 살았다.

포미

콜럼버스가 신대륙을 발견했다 하면
인디안 족이 웃듯이,
포미에, 포미는 강아지다.
목줄을 달아
우리가 같이 산다 하면
포미는 어리둥절해 한다.

포미는 포미 아닌 채로
사는 게 좋다.

새는 뜻이 없어

새는 길을 잃지 않는다.
이루려는 뜻이 없어,

새는 오래 머물지 않는다.
정이 깊으면 쉬이 날아 오르지 못해서,

새는 죽지 않는다.
석양이 짙어가도 나는 것을 멈추지 않는다.

감자

박스에 넣어둔 감자가
멍이 든 채 쭈그러들어 있다.

이루려던 것은 멍이 돼도
쭈그러든 몸에 새순을 내밀고 있다.

재 속을 구르며,
감자꽃 피우겠다
견디고 있다.

코끼리 바위

바위가 코끼리를 닮아서 코끼리 바위라 한단다.
코끼리 바위는 코끼리가 아니다.
바위라 불려도.
바위도,

아니어도 이름으로 부르면
그렇게 살아야 하는 이름이 된다.
코끼리바위는,
바위도,
아니지만 이름으로 불려 코끼리 바위다.

부르는 이름 말고 사는 것으로 불리우기 바라는
바위는 바위 아니지만,
이름으로 부르는 것일 뿐인 세상 아닌,
사는 것으로 사는 세상을 바랄 뿐이어서
허리를 뻗치고 있는 것을,
사람들은 코끼리를 알지 못하는 바위를 보고,
바위도 아니지만,
코끼리바위라 한다.

최옥희

2016. 고희 기념문집 일송정 아낙의 푸른 인생
2017. 시조 문학 등단
2019. 소가야 시조 제21회 시조 문학 작품상
2022. 잠깐 풋잠에 든것처럼 디카시 시집
경남 고성 문인 협회 회원,
경남 고성 소가야 시조 문학 회원
종합문예지 문학춘하추동 부회장
한국 시조 협회 고성지부 회원
춘하추동 제 12회벽송시조문학상 수상
서예가

당항포 축제 (공룡)

당항포 앞바다는 푸른 물감으로 그린 캔버스 같았다
가을 햇살이 내려앉던 날
축제는 과거의 흔적을 되살렸다.
이순신 장군의 함성과 옛 수군의 노 젓는 소리가
공기 중에 스며들던 그때
문득 땅속에서 거대한 그림자가 꿈틀거리는 듯했다
공룡이라고 중얼거리는
아이의 목소리가 들리지 않았다면
나는 역사의 시간 속에 갇혀 있었을지도 모른다.
당항포의 푸른 물결과 공룡 화석의 거친 표면이,
어울리지 않는 조합이,
오히려 신비로운 조화를 이루었다.
축제의 전통 노 젓기 체험장에서
아이들은 노 대신 장난감 공룡 모형을 들고
용감한 수군을 외쳤다.

가장 슬픈 엄마도 그때

전쟁 통에 잃어버린 가족들
강제 징용당한 너 아버지 눈물로 지샌 그 밤들
엄마는 역사의 증인 이었지만.
나는 그 무게를 잴 수 없었다.

어느날 엄마는 낡은 사진 한.장을 내밀었다
흰 저고리 검은 치마를 입은 소녀 너의 할머니야
일제 강점기의 어둠을 잊게 할 만큼 환했지만
엄마는 조용히 덧붙었다
너만은 이런 시대를 살지 마라
그 한마디에 담긴 애틋함과 간절함이 가슴앓이었다.
엄마는 일제 강점기의 상처를 말보다 몸짓으로 전했다
먹다가 남기면 안 돼.
전기 절약해야 해야한다.
그 습관들은 빈곤의 시대에서 온 것이었지만
나는 엄마 지금은 다 옛날 이야기잖아
엄마는 눈물을 감추면서 말했다

너희들은 이런 시대는 살지 마라
그 말은 경고이자 기도였다
엄마가 겪은 억압과 고통을
내 자식에게는 물려주지 않겠다는 다짐

그러나 나는 그 무게를 제대로 이해하지 못했다
지금은 엄마가 남긴 유품 같은 말
'너만은'을 되새기며 역사의 교훈을 가슴에 새긴다.
엄마가 지킨 희망이 오늘의 평화라는 것을

강제 징용으로 평생 약골로 사시다가 가신 우리 아버지
항상 나는 광복절이 내 생일이라 하셨다
아버지는 일본군 옷을 입고 떠난 날
내가 다시 태어난 날이지라고 흐릿하게 웃었다
강제 징용으로 끌려가 만주벌판에서 젊음을 보냈다
영양실조와 추위, 강제 노동으로
평생 약골이 되셨다고 했다
광복절 아침마다 아버지는 태극기를 걸어놓고
술잔을 올렸다.
'오늘은 내가 죽은 날이기도 하고 태어난 날이기도 해'
그 말에 담긴 역설을 나는 어른이 되어서야 깨달았어 .
일본군 군복을 입고 가족을 떠난 날
아버지는 죽음을 각오했지만
기적으로 살아남아 해방을 맞이하였다.

이제는 아버지 삼복 공원에 가서
매년 8월 15일 광복절에는 꽃 한송이라도 올립니다
아버지의 희생과 기적
아픔과 감사를 기억하면서 동시에 담으려 노력합니다.

가을걷이

황금빛이 물든 들녘에는 농부의 낮 질이 시작된다
한 줄씩 베어 넘어진 볏단 이삭은 땅에 쓰러지며
마지막 인사를 건낸다.
화려한 말 대신 흙냄새가 스민 손바닥이
진정한 노동의 일이었다
지금 여기에 집중하는 모습
그 고요함 속에서 가을걷이는
단순한 수학이 아니라 땀과의 대화였다

허름한 옷 소매로 땀을 닦으며 바라보는 하늘,
오늘의 고단함이 내일의 밥이 되고
요즈음 세상 좋아 이앙기로 모심고
콤바인으로 타작하고
건조실에서 건조해 내는 세상.
못 보시고 떠나신 조상님들.
안타깝고 서럽지만.

산 구릉에 가을을 물들이는 단풍이 시작되면
온 세상은 한 장의 수채화가 된다
가을은 왜 열두 가지 색으로 물들까?
단풍은 하늘이 내리는 편지 라고
하시던 말씀이 생각났다.

각 폭마다 다른 풍경이 담긴 것처럼
우리 인생도 매 순간이
유일한 색으로 채워지는 것이다.

단풍은 잠시 아름답지만
진정 아름다움은 오래 남는 거란다
막내아들 군부대서 온 봉투 속 편지에
은행잎이 갈피에 자리하듯
그 소중한 아름다움을 잊지 못하는 그것이
추억의 흔적으로 남은
진정한 아름다움이었다.

종합문예계간문학춘하추동 시 선 총

초판 발행 2026년 3월 14일
지은이 고현숙 외
펴낸이 고현숙
펴낸곳 문학춘하추동
등록번호 제2023-00001호
주소 경남 하동 횡천면 경서대로 1140 2층 나호
전화 010-3013-2223
이메일 munhakcnsgce@hanmail.net

ISBN 979-11-991320-6-1
값 20,000원